अनामा

मनीषा कुलश्रेष्ठ

वाणी प्रकाशन

वाणी प्रकाशन
4695, 21-ए, दरियागंज, नयी दिल्ली 110 002
फ़ोन : +91 11 23273167 फ़ैक्स : +91 11 23275710
शाखाएँ
अशोक राजपथ, पटना 800 004, बिहार
कॉफ़ी हाउस कैम्पस, महात्मा गांधी मार्ग, इलाहाबाद 211 001, उत्तर प्रदेश
महात्मा गांधी अन्तरराष्ट्रीय हिन्दी विश्वविद्यालय, वर्धा 442 001, महाराष्ट्र
सुल्तानिया रोड, मोतिया पार्क, भोपाल 462 001, मध्य प्रदेश
www.vaniprakashan.in
marketing@vaniprakashan.in
sales@vaniprakashan.in

ANAMA
by Manisha Kulshreshtha

ISBN : 978-93-5072-654-9
Collection of Stories

प्रथम संस्करण 2014 (सजिल्द)
द्वितीय संस्करण 2019 (पेपरबैक/पुस्तकालय)

मूल्य : ₹ 250

सिटी प्रेस, दिल्ली-110 095 में मुद्रित

वाणी प्रकाशन का लोगो मक़बूल फ़िदा हुसेन की कूची से

समर्पण

हमसफ़र को जिसने मेरा कहानीकार
होना चुना और अपना 'ब्रेड विनर'

नये संस्करण की भूमिका

मुझे प्रसन्नता है कि 'अनामा' का अगला संस्करण पेपरबैक में आ रहा है, वाणी प्रकाशन का आभार।

इस संग्रह की कहानियाँ मेरी बाक़ी कहानियों से एकदम अलग हैं और मेरे मन के निकट हैं। ये कहानियाँ उन बारीक़ महीन खरोंचों-सी हैं, जिन्हें हम जब ये लगती हैं तब महसूस नहीं करते लेकिन बाद में जब ये टीसती हैं तब महसूस कराती हैं अपना होना। इन कहानियों के तल के नीचे छिपे स्त्री मन के अनाम-अकथनीय वो महीन दर्द हैं, जिन्हें छिपाकर वह लगातार मुस्कुराती है। चाहे वह किसी वर्ग, किसी परिवेश की हो। चाहे वह अब्दुल सलाम की माँ हो या मि. वॉलरस की नायिका, अनामा हो कि वह खिलंदड़ी किशोरी...सबके भीतर दर्द पिंजरे में बन्द ललमुनियों से पलते हैं।

'ओ मरियम!' कहानी मेरी क़िस्सेबाज़ माँ के सुनाये हज़ारों क़िस्सों में से एक है। यह सच है कि जब वे संसार से विदा ले रही थीं, सब उनकी विल पर दस्तख़त लेने की चिन्ता कर रहे थे। मैं उन क़िस्सों के भूले हुए नामों को जानना चाहती थी, मेरी असल विरासत वही तो हैं। हाँ, मैंने आई.सी.यू. में उनसे पूछा था–

अब्दुल सलाम की माँ का नाम। वे ऑक्सीजन मास्क हटाकर हँसी थीं और नाम बताया था।

यह सच है कि मेरी हर कहानी दो लोगों की कहानी या दो-तीन अनुभवों, भावभूमियों का कोलाज होती है। 'अनामा' जो इस संग्रह की शीर्षक कहानी है, वह अद्भुत ढंग से मुकम्मल हुई, उस अनुभव को मैं पाठकों से बाँटना चाहूँगी।

हुआ यूँ कि 2010 में बनारस यात्रा से लौटकर मैंने अनामा का एक हिस्सा लिखकर पटक दिया। बहुत प्रयास किये वह कहानी मुझे पूरी लगती ही नहीं थी। मैंने उसे छोड़ ही दिया। लेकिन 2012 में अचानक अगस्त में गोवर्धन परिक्रमा का मन बना और चाँदनी रात में गोवर्धन की पैरीफैरी में पैदल चलकर बड़े ज़मीनी अनुभव हुए। अचानक वहाँ मुझे 'अनामा' चरित्र याद आया कि अनामा इस यात्रा को कैसे अनुभव करती। मैं ख़ुशी से उछल पड़ी और मुझे अनामा का दूसरा हिस्सा मिल गया। भारतीय दर्शन और अध्यात्म से जुड़े दो शहरों बनारस और मथुरा की ज़मीनी हक़ीक़तें और भारतीय मानस में बसा दर्शन, परम्पराएँ और व्यर्थ कर्मकाण्ड, इस बहाने सामने आये। 'अनामा' चरित्र नितान्त काल्पनिक है, उसके जीवन की घटनाएँ भी आधुनिक जीवन की विडम्बनाओं से प्रेरित हैं लेकिन दोनों शहरों की गलियों में जो अनामा में वर्णित है वह मेरा अपना अनुभव है। मन में अध्यात्म और पैरों में लिथड़ती गन्दगी के बीच की कशमकश! गंगा के प्रति प्रेम और उस जल भरी अँजुरी को होंठों से लगाने की दुविधा! पदयात्रा का दर्शन वहीं धर्म के नाम पर पाखण्ड के उघड़ते हाहाकारी चेहरे।

इस संग्रह की कहानियों को पुराने पाठकों का बहुत प्रेम मिला है, नये पाठक भी लम्बी कहानी अनामा और अन्य कहानियों से जुड़ सकेंगे ऐसा मुझे यक़ीन है।

ज़र्द-रू हैं वरक़ ख़यालों के
ऐ शब-ए-हिज्र कुछ स्याही दे
गर मजाल-ए-सुख़न नहीं नासिर
लब-ए-ख़ामोश से गवाही दे

—नासिर काज़मी

नयी उम्मीदों के साथ पाठकों के हाथों में 'अनामा' का नया संस्करण...

—मनीषा कुलश्रेष्ठ

अनुक्रम

अनामा

वह ट्रेन से इस शहर के बारे में एक ट्रेवल गाइड में पढ़ते हुए उतरी थी। अपने लम्बे बालों को खीज कर एक जूड़े में बाँधते, सिक्योरिटी चैक में कहीं गिर गये अपने मनपसन्द सुरमई स्कार्फ को खोजते हुए वह सामान सँभाल ही रही थी कि एक छोकरे ने बहुत पहले घोषणा कर दी, 'मैडम, बस आने वाला है स्टेशन' और वह बीस मिनट से अपने कूपे से बाहर टॉयलेट के बगल में खड़ी रही थी, ट्रेन के पटरी बदलते भयावह शोर के बीच और वह छोकरा उसके बगल में खड़ा इत्मीनान से उसे घूरने लगा! गुस्सा बहुत आया, मन किया कि कह दे, 'जीता रह बेटा।' जाने दो, कौन उलझे इस मरगिल्ले से, जो एक झापड़ में...उसने ट्रेवल गाइड में नजर गड़ा दी—''यह शहर इतना प्राचीन है कि छठी शताब्दी में भारत आये प्रसिद्ध चीनी यात्री ह्वेनसांग तक ने लिखा था, वाराणसी विशाल गंगा नदी के किनारे बसा घनी आबादी और 100 मन्दिरों और 3000 पुजारियों वाला शहर है, जो कि ज्यादातर शिव उपासक थे। जहाँ के निवासी बहुत समृद्ध, सौम्य और ज्ञान के पिपासु थे, यहाँ की जलवायु बहुत अच्छी थी,

अन्न की पैदावार बहुत अच्छी होती थी, शहर के बागीचे फलों से लदे ही रहते थे। उसने शिव उपासक नागा साधुओं के बारे में लिखा था कि वे अपने बालों को बढ़ाये, एक मोटी गाँठ में बाँध कर रखते थे। और नंगे रहा करते थे, बल्कि राख अपनी देह पर मल कर रहा करते थे, उनकी कोई आय कोई व्यय नहीं होता था, वे भिक्षा माँग कर रहते और जीवन-मरण के इस जंजाल से छूटने के लिए योग करते थे।" पूरी ट्रेवल गाइड पढ़ने के दौरान उसने बिल्कुल इस बात में दिमाग नहीं खपाया कि यह शहर अच्छा हो सकता है या बुरा! वह बहुत उत्सुक नहीं थी। उसे बस कुछ दिन यहाँ बिताने थे, माँ की बरसी के बहाने।

सुबह साढ़े पाँच बजे ट्रेन स्टेशन पर रुकी और वह आराम से सामान ठेलते हुए इनक्वायरी डेस्क पर पहुँची, उसे हँसी आ गयी एक धैर्यवान गाय वहाँ उसके पहले से खड़ी थी, मगर डेस्क पर कोई भी बन्दा मौजूद नहीं था। सामान तो बहुत ज्यादा नहीं था लेकिन फिर भी उसने शुरू से उसके पीछे पड़े एक दुबले से कुली को अपना सामान पकड़ा दिया। वह अपने हाथ फोन और नक्शे और पते को पढ़ने के लिए मुक्त रखना चाहती थी, और फिर यह कुली स्टेशन के बाहर निकलने के लिए भी तो सहायक होता। अब उसने गौर किया इस विश्व के प्राचीनतम शहर पर और इस शहर के भीड़ भरे स्टेशन पर! क्योंकि रेल से उतरते ही जिस महक ने उसका स्वागत किया था, वही मल-मूत्र की बेशर्म महक, अपनी तमाम अश्लीलता के साथ सीटी बजाती हवा में टहल रही थी। उसे उबकाई आने वाली थी, मगर बिल्कुल पैरों से टकराते, यहाँ-वहाँ लेटे लोगों को देखकर, उलटी का अहसास भी रुक गया। कैसे मजे से सो रहे हैं यहाँ, कुछ चादर बिछा कर, कुछ वह भी नहीं। यूँ ही! अनामा विचलित हो गयी। यह भीड़ से उबलता शहर उसे क्या देगा? दिल्ली में पापा...अब भी रहते हैं, उन्हें दुख जरूर होगा यह जानकर कि उनसे मिले बगैर वह पहले यहाँ आ गयी। यूँ मुम्बई भी जा सकती थी, लेकिन वह शहर उसकी स्मृतियों का मोहनजोदड़ो-हड़प्पा साबित हो सकता था।

स्टेशन के पुल की गीली, बदबूदार सीढ़ियाँ उतरते हुए उसका सर चकरा रहा था। उसने आगे-आगे तेज रफ्तार चलते कुली को रोका और भीड़ से एक ओर हट कर रेलिंग से टिक कर खड़ी हो गयी। आसमान सुबह-सुबह भी धुएँ और धूल से परेशान हिचकियाँ ले रहा था। उसने बैग से पानी की बॉटल निकाली और दो घूँट पानी पिया। हथेलियों के पसीने में

एड्रेस लिखी स्लिप सील चुकी थी। उसने स्लिप पर नजर डाली, 'डॉ. शम्भुदयाल सिंह' अह! कितना बोरिंग नाम है! नाम पढ़कर अनामा का मन ही डूब गया। आखिर यह नाम उसे अस्थायी पनाह देने वाला था। पनाह शब्द उसे हताश करने लगा। उसे अपने भीतर उस भिखारिन की दयनीय निगाह दिखाई दी, जो बिना कुछ बोले ठीक उसी पल उसके आगे हाथ फैलाये खड़ी थी, जिसकी गोद में एक भूरे उलझे बालों वाला बच्चा था, बच्चे के बालों में जूएँ रेंगती दिख रही थीं। एक जवान, सक्षम भिखारिन, जिसकी कुर्ती के टूटे बटनों के चलते यौवन किसी फिल्म के प्रोमो की तरह लोगों को आकृष्ट कर रहा था। जवान, सक्षम भिखारिन! यह सक्षम शब्द उसे कुरेदने लगा। सक्षम! वह सिहर गयी। हाँ वह भी तो एम.बी.ए. है, जमाना हुआ इस डिग्री को लिए, अब क्या कुछ न बदल गया होगा, मार्केटिंग फण्डे ही बदल गये अब तो। अब उस तरह की सरल, मासूम मार्केटिंग रह गयी है भला? अब तो मानसिक बलात्कार की तरह जरूरत थोपो, फिर किसी 'आई पिल' की तरह प्रोडक्ट थमा दो...यक्क!

मन के जरा सम्भलते ही वह कुली को इशारा कर भीड़ में फिर शामिल हो गयी। अब वह प्रवाह में थी और लहरें उसे बहा लिये जा रही थीं। बहते रेले में स्टेशन से बाहर आ कर निकासी गेट पर खड़ी हो गयी। गेट पर किसी ने टिकट देखा तक नहीं, वह हैरान-सी बाहर आ गयी। 'मैडम ऑटो?' 'मैडम टूर फॉर बनारस घाट्स?' 'मैडम, मैडम...' बहुत सारे ऑटो ड्राइवर्स ने उसे घेर लिया। उसका जलता मन और क्लांत आत्मा आत्मसमर्पण कर चुके थे। उसे दयाल जी...शम्भु जी के आने की उम्मीद कम ही थी, उसने तो उन्हें फोन नहीं किया, नलिनी ने किया हो तो किया हो। उसे स्टेशन के अहाते से बाहर निकलने की कोई जल्दी न थी। ऑटो ड्राइवरों की भीड़ को एक बर्फीला रूखा रुख दिखा कर, वह एक पेड़ के नीचे आ खड़ी हुई और सिगरेट सुलगा ली। कुली उसका सामान लेकर उसके बगल में सुस्ताने लगा। स्टेशन की हदबन्दी के बाहर एक अजनबी शहर था, सो तटस्थ खड़ा था, भगवाधारी बाबाओं, टोपीधारी मुल्लाओं दोनों की ज्यादतियाँ झेलता। झुण्ड के झुण्ड तीर्थयात्रियों की अन्धी आस्था को भुनाता हुआ। उसका मन किया कि लौटती ट्रेन से लौट जाए, फिर भी उसने फिर पते की तरफ गौर किया—"मंगला पुरी! यहीं जाना है..."

कुली ने उसे एक प्रीपेड स्टैण्ड से टैक्सी करवा दी, टैक्सी बाजार से

होकर एक उजाड़ मैदान से गुजरने लगी। जिसमें सुबह आठ बजे भी लोग 'दिशा मैदान' से निपट रहे थे। सर घुटनों से लगाये, अपनी पहचान छुपाते हुए, नंगे, पूर्ण वयस्क लोग। 'हद ही है!' मिलेनियम गुजरे 10 साल बीत गये। मोबाइल आ गये गाँव-गाँव मगर टॉयलेट्स!! शायद यह हॉबी ही बना ली है, इन लोगों ने? कहाँ फँस गयी यार!

"तुम चाहती हो ना, अपनी स्वर्गीय माँ की बरसी पर पूजा करवाना। तो वाराणसी जाओ, मेरे मामा हैं वहाँ कोई तकलीफ नहीं होगी। गंगा...बनारस...काशी विश्वनाथ। तुम मुम्बई में रहीं तो सल्क हो जाओगी। और दिल्ली में जैसा कि तुम खुद महसूस करती हो कि तुम्हारे पापा, तुम्हारी वजह से परेशान न हो जाए...राइट? इत्मीनान से जाओ, यह केस... अब हमारा प्रेस्टीज इश्यू है, तुम्हें उस ग्रेट फोटोग्राफर से अच्छी एलीमनी दिलवाएँगे। वह फ्लैट भी, जहाँ अब वह 'उसके' साथ समय बिताता है।" नलिनी के एसिडिक लहजे में कहे गये 'उसने' शब्द ने उसका मन जला दिया। वह 'उस', 'वो' का अन्दाज उसे था मगर... यह 'उस' का किस्सा तो संसार के सारे 'पति-पत्नी और वो' के किस्सों से एक अलग ढंग का था। अनामा ने अब तक हाथ में लगातार जलती आ रही चौथी सिगरेट का बट फेंक दिया और पानी की बॉटल से फिर मुँह लगा दिया।

ये शहर शायद उसके पहुँचने की आशंका से आज सोया ही नहीं था या फिर सुबह होने से पहले ही जग गया था! इतनी चहल-पहल! उसकी टैक्सी एक बाजार, एक मैदान फिर एक कॉलोनी और फिर एक मुहल्ला और फिर एक नवनिर्मित मॉल को पार कर 'मंगला पुरी' पहुँची। लोगों ने कारें बेतहाशा गली में पार्क कर रखी थीं। सँकरे रास्तों के बीच वह दोनों ओर के घरों के नम्बर नेमप्लेट खोजती रही। अच्छे-खासे घर मगर नेमप्लेट्स नदारद! लोगों को आखिर नेमप्लेट लगाने से ऐतराज़ क्या है? न सही नेमप्लेट यार! नम्बर तो ठीक से पेंट कराने चाहिए, कहीं खड़िया तो कहीं कोयले से, कहीं-कहीं घर के नम्बर थे ही नहीं। एक गली के मुहाने पर उसे अपना वाला नम्बर दिख गया, भारी दरवाजा, बाउण्ड्री वॉल पर सुरुचि से लटकी जेकोमुंशिया की बेलें। मगर 'नाम पट्टिका!' नदारद! शायद इस शहर में फैशन न हो... उसने खीज कर घण्टी बजा दी। सफेद पायजामे, सफेद बनियान में औसत कद का एक गोरा व्यक्ति खड़ा था, चश्मा लगाये। "आप मि. शम्भु। आई मीन मि. दयाल, मैं अनामा जयशंकर।"

"जी, आइए।" इस सम्भ्रान्त गृहस्वामी को इस कदर घरेलू पोशाक में देख अनामा का अनभ्यस्त मन झुँझला गया। बहुत पहले गाँव में ताऊ जी धोती-बनियान पहनते थे, मेजर जनरल पिता के घर तो कोई नाइट ड्रेस में अपने कमरे तक से निकलता न था। वह ठिठक गयी।

"आइए!" वे फिर बोले... "नलिनी ने मुझे फोन किया था, माफ करें, मेरा ड्रायवर ऐन मौके पर गायब हो गया और मैं इस शहर में अब गाड़ी नहीं चला पाता। फिर मुझे लगा आप फोन करेंगी तो मैं रेडियो टैक्सी भेज दूँगा।"

"कोई बात नहीं। अब तो मैं आ ही गयी..."

गेट की बाउण्ड्री के भीतर एक ओएसिस ही था, इतने तंग शहर और मुहल्लों के बीच इतना बड़ा लॉन लग्ज़री ही कही जाएगी! घर का पोर्च बाँस के हरे सायबान से ढका था उस पर भी नीले वही फूलों की बेल चढ़ी थी, कुछ बेंत की कुर्सियाँ रखी थीं। बैठक का दरवाजा धकेल कर उन्होंने उसका सामान अन्दर कहीं गायब कर दिया। वह सायबान में ही खड़ी रही। बगीचे से सम्मोहित। भूरी ईंटों की कतार में बन्द, सतर क्यारियाँ, पक्के फर्श पर एकसार कतार में लगे गमले, गमलों में एक से एक अनोखे पौधे, सकुलेण्ट्स, क्रोटंस, एडेनियम, कैलेशिया और बरगद के बौंजाई... एक कोने में बनी रॉकरी पर कैक्टाई का दुर्लभ कलेक्शन। पीतल के कुन्दों वाला झूला। वाह! मामीजी! बड़ी सुघड़ होंगी नलिनी की। ठेठ देसी ढंग से अहाते में कोई डोरी भी नहीं बँधी थी कि जिस पर सूखते-दिखते कच्छे-बनियान और सूती चोलियाँ-धोतियाँ! गृहस्वामी भीतर जाकर गायब हो गया था, शायद पत्नी को बुलाने... मगर कुछ पलों ही में वे पानी की ट्रे खुद सँभाले सायबान में आ गये। "पानी।"

"हूँ"

वे पानी देकर फिर भीतर चले गये। वह अब पस्त होने लगी थी। उसने वहाँ रखा नितान्त स्थानीय अखबार उठा लिया। 'भैंस करण्ट लग कर मरी', फलां मोहल्ले में बन्दरों का आतंक, गणेश मन्दिर में हुआ चमत्कार, अवैध प्रेम सम्बन्ध के चलते साली-जीजा गिरफ्तार। खीज कर अखबार फिर पटक दिया। तभी वो बाहर आ गये, उसी पोशाक में! माना कि शहर में उमस है, दिन बेहद गर्म-सा है, मगर बनियान और पाजामा? बनियान में पीठ पर बायीं ओर एक छेद भी उसे दिख गया। शॉर्ट्स और टी-शर्ट भी तो एक विकल्प हो सकता था। कौन कहेगा कि ये बॉटनी के

हेड ऑफ द डिपार्टमेंट हैं। उनके हाथ में ट्रे थी, चाय की और चाय के साथ एक स्टील की क्वार्टर प्लेट में गर्म पोहे थे। करी पत्ते की महक ने भूख जगा दी।

"लीजिए!" अब उसे कुछ अजीब लगा, गर्म चाय और ताजा नाश्ता हाजिर मगर गृहिणी फिर नदारद। पूछती भी तो क्या? कहीं उसके आने ने कुछ क्लेश तो नहीं खड़ा कर दिया? उसने आखिरकार कह ही दिया," "पहले मैं वॉशरूम जाना चाहूँगी।"

"ओ! हाँ...भीतर गैलेरी में दायीं ओर..." वह दरवाजा खोल कर लपकी। एक नितान्त साफ, बेदाग सफेद-नीली टाइल्स वाला सादा-सा बाथरूम। जिस कमरे से होकर लौटी वहाँ धूल का एक कण तक नहीं। इस कदर त्रुटिहीन सफाई, भारत के मध्यमवर्गीय घरों में दुर्लभ है। जरूर दो-एक सरकारी नौकरों की टुकड़ी होगी। जिससे रोज ड्रिल कराती होंगी मामीजी! वह हाथ-मुँह धोकर बाहर सायबान में आ गयी, जहाँ वे प्रतीक्षारत थे। चाय फिर माइक्रोवेव में गर्म होकर आ गयी, मगर भीतर दो मंजिला मकान के किसी कोने में कोई हलचल नहीं, किसी का कुछ पता नहीं।

नाश्ते के बाद शम्भु दयाल अनामा को घर के बायें हिस्से में, एक गेस्टरूम में छोड़ गये, अनामा आने वाले दिनों की अपनी इस पनाहगाह को गौर से देखने लगी। गेस्टरूम के बगल में किचन गार्डन था और खिड़की की दीवार पर चमेली चढ़ी थी, गेस्टरूम का एक्सटेंशन एक लाइब्रेरी में तब्दील कर दिया गया था। जिसमें बहुत-सी किताबें थीं जो पर्यावरण और पौधों पर थीं या फिर फिलॉसफीनुमा। पत्रिकाओं के नाम पर बहुत सारे अंक बस 'कल्याण' के रखे थे! कमरे से लगा एक स्वच्छ बाथरूम था, इतना स्वच्छ और सफेद कि...हर चीज सफेद...परदे, बिस्तर, टाइल्स, खिड़कियों का पेंट भी, इतना सफेद कि उसे अटपटा लगने लगा। उसने बिस्तर पर अपना लाल वैनिटी बैग रख दिया, गहरी कत्थई सैण्डलें उसने कोने में उतार दीं, गुलाबी बाथरोब सफेद खूँटियों पर टाँग दिया, बालों को क्लचर में से खोलने के चक्कर में एक नीला टैंजेनाइट का जड़ा झुमका वहीं गिर गया, सफेद पर्दे के पास। वह नहा-धोकर टहलते हुए ड्रॉइंगरूम में आ गयी। वहाँ एक तस्वीर टँगी थी, एक सुन्दर मगर दुर्बल स्त्री की। वह उलटे पैर अपने कमरे में आयी और नलिनी को फोन लगाया।

"पहुँच गयीं? कैसा लगा...?"

"हाँ, मगर, यहाँ कोई और रहता है कि नहीं तेरे मामा के सिवा?" वह फुसफुसाते हुए भी लगभग चीख पड़ी।

"बताया था न, मामी जी को गुजरे, सात साल हुए, एक ही बेटी है जो फ्रांस में है।"

"कब बताया?"

"भूल गयी होऊँगी, क्या फर्क पड़ता है, तुझे जन्म कुण्डली पकड़ा देती क्या मामाजी की? अरे यार तू भी ना! हैव फैथ!" वो कुछ कहती कि फोन कट गया। वह असमंजस में डूबी बिस्तर पर लेट गयी, कहीं....नहीं, नहीं... यह घर तो यूँ भी किसी वैरागी की कुटिया या मठ जैसा सात्विक है। शायद विधुर मामाजी ने यह वानप्रस्थ क्या जानबूझ कर चुना होगा? कुछ देर यूँ ही सोचते हुए उसे नींद आ गयी। उसकी नींद तभी खुली लंच के समय जब वे बुलाने आये।

शम्भु दयाल अपने एकान्त के इतने अभ्यस्त थे कि कभी-कभी इलाहाबाद से सप्ताहान्त पर भानजे और बहू के बच्चों समेत आ जाने पर वे जल्दी ही अपने प्रिय एकान्त के लिए तरसने लगते थे। उन्हें अपने एकान्त से लगाव था, वे अपने हॉल, सायबान, बेडरूम, लाइब्रेरी में स्वतन्त्र विचरते थे...पाजामे के बिना बस बनियान और अँगोछे में। अखबार, किताबें पढ़ते और बगिया सँवारते। झूमते गुलाबों से बात करते, गमले के पौधों को सहलाते, प्रूनिंग करते... नीली वाटर लिलीज के पॉण्ड को नदी से लाये पत्थरों और मछलियों से सजा कर कमल-कुण्ड का 'बायोम' पूरा बनाते। एक सप्ताह पहले इस अपरिचिता के आगमन की सूचना ने उन्हें उलझा दिया था।

"मामा, अनामा मेरी क्लाइंट नहीं, दोस्त है, डिप्रेशन में है...मेरे यहाँ उसका तलाक का केस चल रहा है, कुछ दिन की बात है। अरे! क्या बताऊँ, उसके केस के सैटल होने के बीच ही उसकी माँ की मृत्यु हो गई और वह बहुत फ्रस्ट्रेट हो गयी है। खुद को अपनी माँ की मृत्यु की वजह मानने लगी है, उसे थोड़ा बदलाव...माँ की बरसी के बहाने अपनी ग्लानि का तर्पण करके शायद कुछ मन शान्त हो।"

"पर तुम जानती हो कि यहाँ, मैं..."

"वह वहाँ रहने थोड़े ही आ रही है, स्प्रिच्युअल टूअर के लिए आ रही है, उसे किसी टूर ऑपरेटर से मिलवा देना...बनारस एक दो दिन,

फिर इलाहाबाद...फिर मथुरा वृन्दावन भेज देना...या ऋषिकेश..."

"तुम और तुम्हारी यह क्लाइंट... नलिनी...तुम मुझे कहाँ उलझा रही हो।"

"मामा प्लीज!"

गेट पर खड़ी अनामा उन्हें पहली नजर ही में बहुत अजीब लगी थी, पीली पड़ी चम्पा सी! केले के तने सी लम्बी, मांसल, भारी वक्ष पर कसा-कसा मोरपंखी नीला हरा कुर्ता...लुंगीनुमा स्कर्ट और अड़हुल के फूलों सी लाल-गुलाबी भारी अधखुली आँखें। गाँजा पी आयी है क्या ये लड़की! या औरत जो भी है। इसीलिए पहले उसे उन्होंने सायबान में ही बिठाया था, फिर उसके चेहरे पर आयी निरीह उलझन ने उन्हें पिघला दिया। वरना वे चाहते तो उसे घाटों के आस-पास घरों से गेस्टहाउस में तब्दील कर दिये गये किसी सुरक्षित, परिचित-से ठिकाने का पता देकर नन्हे खाँ के साथ भेज देते।

लंच पर जब वे बुलाने आये तो करवट के बल सोती उस रंभा-मेनका-सी आकृति ने जैसे उस कमरे में सात साल से पसरे वैराग्य को परदे की तरह सरका दिया था। सफेद इंटीरियर में चटख रंग बेतरतीब फैले थे। वह खिड़की की तरफ पीठ किये सोयी थी, लम्बे बाल...कमर के नीचे दबे थे, स्लीवलैस कुर्ते से झाँकती मांसल बाँह पर लहराता सा मोरपंख का रंगीन 'टैटू' बना था। वे परदे के पीछे खामोश खड़े रहे, मुड़ जाना चाहते थे मगर पाँवों के नीचे कुछ चुभा, उन्होंने उठा लिया। यह फिरोजी नीले नगों और सफेद मोतियों से जड़ा कोई झुमका था, उन्होंने सहेज कर एक तिपाई पर रख दिया, फिर आहिस्ता से आवाज दी, "अनामा जी!" मन ने कहा हत्तेरे क्या नाम हुआ 'अनामा', जब नाम ही नहीं तो... वह चिड़िया की नींद सोयी थी, एकदम जाग गयी और उठ बैठी, लम्बे बालों को उसने लपेट कर गाँठनुमा जूड़ा बना लिया।

खाने की टेबल पर आते ही उसने जैसे ही थाली उठाई, तभी शम्भु दयाल ने टोका "हाथ तो धो लीजिए"

"जी?"

"जी! बालों को छुआ था न..." वह शर्मिन्दा हो गयी, भूख मर गयी।

खाना कम चिकनाई से बना अनूठे प्रयोगों वाला खाना था, बैंगन का भरता, जिसमें कच्ची प्याज, टमाटर थे, बिना तेल के। सात्विक नीबू डली

दाल और हींग का छौंक लगा कर बनाया कद्दू का रायता था, पतली मुलायम रोटियाँ।

"खाना बहुत स्वादिष्ट है, मगर आपने बहुत सारा बनवा लिया।"

"बनवा लिया? यह मैंने खुद बनाया है।"

"क्या?"

"हाँ! खाना मैं खुद पकाता हूँ।"

खाना समाप्त होते ही, जब वे रसोई में भीतर गये वह सफेद टेबल-क्लॉथ पर कढ़े हल्के हरे गुलाबों को देखने लगी, ये भी इन्होंने ही काढ़े होंगे क्या? टेबल पर ही अनामा ने आदतन सिगरेट सुलगा ली... फिर सहम कर बुझा दी। सहमे दोनों थे एक-दूसरे की उपस्थिति से, वह उनकी लगभग वैरागी की-सी सात्विकता से और वे उसकी अजीबोगरीब कपड़े पहने काम प्रेरित आकृति से। वह उनके बनियान-पाजामे और फूल की आकृति में बँधे नाड़े से, तो वे रंगे होंठों और मस्कारा से बोझिल आँखों से। वह उनकी स्त्रियोचित सुघराई से और वे इसके बेतरतीब व्यक्तित्व और सिगरेट फूँकने से। वे दोनों बुरी तरह अपदस्थ थे। कुछ दिन ही की बात है!! दोनों ने अपने दिलों को थपथपाया!

"आज तो आप आराम कर लें, कल आपको घाट पर पूजा करवाने के लिए मेरा भानजा 'अतुल' ले जाएगा।"

"नॉट अ बेड आइडिया।" कह कर वह मुँह पर हथेली रख उबासी लेने लगी। बाँह का मोरपंख लहराया उन्होंने निगाह फेर ली।

अगली सुबह वह उठी तो उसे खिड़की से बाहर ग्राफ्टेड गुलाबों को प्रेम से प्रून करते उनके गोरे, उभरी नीली नसों वाले मजबूत हाथ दिखे। वह हड़बड़ा कर उठी, साढ़े पाँच बजे थे। उसने देखा, न जाने कब वे ताँबे के लोटे में पानी रख गये थे। उसने पिया, मुँह से सिगरेट का बासी स्वाद मिट गया था, सीने की जलन भी कम हो गयी। नहा-धोकर, जींस और लम्बा पूरी बाँह का जोगिया कुर्ता पहन खिड़की के पास आ गयी, तरतीब से लगे गमले उसे भले लगे, साथ ही घर की अटपटी वैराग्यमय शान्ति भी अब अच्छी लग रही थी। उसके मन के फूटे छालों पर यह शान्ति मरहम रख रही थी। खुला सा, खिड़कियों वाला घर, घर से बड़ा बगीचा, उसे भी पौधों से बहुत प्रेम था, उसने गौर किया कि उनके सारे गमलों में इतनी खाद थी कि मिट्टी दिखाई ही न दे। वह उन्हें खिड़की से देख

पा रही थी। अब वे प्राणायाम कर रहे थे। सफेद बाल, सफेद शान्त चेहरा, उम्र मानो बालों पर ही कूची फेर कर ठहर गयी और चेहरे को उसने युवा रहने दिया हो!

उसने खुद को आईने में देखा...ठण्डे पानी से नहाने से, भरपूर नींद लेने से माथे की सलवटें मिट गयी थीं, आँखों के नीचे की कालिमा भी कम हो गयी थी। उसने मेकअप किट खोला, काजल पेन्सिल निकाली, फिर उसे लगा कि आँखों को यूँ ही बिना हदबन्दी के छोड़ दिया जाए। होंठ भी वैसलीन मल कर छोड़ दिये। उसे सिगरेट की तलब हुई, मगर गृहस्वामी को प्राणायामरत देख खुद को रोक लिया। जब उनका प्राणायाम पूरा हुआ तो वह बाहर आ गयी। लहराते बाल-जोगिया कुर्ता, बस तम्बूरे की कमी थी, और जींस व्यर्थ थी।

''तुम सिगरेट पीना चाहती होगी...पी लो, तब तक मैं चाय ले आऊँ...'' वे तत्परता से उठ कर भीतर चले गये

''नहीं, सिगरेट नहीं...'' वह झेंप गयी। फिर कुछ सोच कर रसोई में ही चली गयी।

''मैं मदद...''

'नहीं हो गया सब, चाय में चीनी?'

''एक चम्मच,'' उसने ट्रे उठा ली और दोनों बगीचे में आ गये। एक पेड़ के नीचे मोटे तने की बनी लकड़ी की टेबल थी, और कुर्सियाँ बहुत छोटी सी थीं।

''ये मेरे भानजे और मैंने बनाई हैं, एक शीशम का पेड़ गिरा था आँधी में, उसी से लकड़ी कटवा कर।''

''कहाँ है वह? दिखा नहीं?''

''वह पहले यहीं रहता था, अब शादी हो गयी तो...इलाहाबाद...''

पेड़ के निकट एक मिनिएचर पौंड में कुछ नीले कमल खिल रहे थे और कुछ नीली अधमुँदी कलियाँ सो रही थीं। पारदर्शी पानी में गोल्ड फिश सरसराती तैर रही थीं।

''वाह! खूबसूरत है। लोटस ना!''

''ये लोटस नहीं हैं, वाटर लिलीज हैं।''

''आपको तो गार्डनिंग का पैशन है, इसे हॉबी नहीं कहूँगी...आपकी यह गार्डन लैडस्केपिंग की कला न्यूयॉर्क में खूब हिट हो सकती है।''

''हाँ, हाँ! बॉटनिस्ट हूँ, पेशे से, सो यह पैशन थोड़ा साईंटिफिक और

ऑथेंटिक हो जाता है।''

'आप! क्या करती हैं अनामा जी।'

'मैं तो फिलहाल कुछ नहीं, वैसे हाउस वाइफ ही थी...बच्चे बड़े हो गये तो वहाँ न्यूयॉर्क में ही एक दोस्त के साथ ड्रेस डिजाइनिंग करने लगी थी।'

''अब आप क्या करेंगी? मेरा मतलब तलाक के बाद? और आपके बच्चे?''

''मैं एम.बी.ए. हूँ, यहीं नौकरी खोजनी होगी, बच्चे बड़े हैं, दो लड़के हैं जुड़वाँ, दोनों अभी ही स्कूल पास करके कॉलेज में आये हैं। अपने पिता की देखरेख में हैं।'' बच्चों की याद ने मन का मोम पिघला दिया।

''एडवेंचरस लाइफ!''

''मतलब? मेरा मतलब आज के दिनों में भारत में नौकरी खोजना! एक चैलेंज है।''

''आय टेक चैलेंजेज! आय लव एडवेंचर्स!'' उसका मूड उखड़ गया!

''वैसे आपका नाम इंटरेस्टिंग है, नाम है मगर अनामा...किसी उलटबाँसी सा!''

''वो क्या है, मि. शम्भु... मि. दयाल (वह हमेशा शम्भु और दयाल के चुनाव में अटक जाती थी, कहे क्या दयाल कि शम्भु कि...खैर जाने दो) अँ. ..मेरे पिता राधास्वामी हैं, वहाँ गुरुजी जो नाम रख दें।'' अनामा का चेहरा क्यारी में खिले ज़ीनिया के फूलों-सा हो गया था, खुश्क और खुरदुरा।

''अरे! मैं तो मज़ाक कर रहा था। आप मुझे...मा...माट्साब कह सकती हैं, यहाँ कॉलोनी में मित्र-रिश्तेदार सब तो यही कहते हैं।''

''माट्साब! यानी टीचर!''

''हाँ क्या बुरा है?''

''ओके।''

एक पारदर्शी तुनक-तमक उस सुबह दोनों के बीच बनी रही। तभी उनके भाँजे का फोन आया—मामा, आपकी बहू अस्पताल में है...!

माट्साब के सुबह अपने कमरे में जाते ही वह एक सन्देश छोड़ कर अकेले एक टैक्सी में माँ का पिण्डदान करने की सोच कर हनुमान घाट चली गयी। जब वह लौटी तो माट्साब कॉलेज गये हुए थे, बाहर माली काम कर रहा था, चाभी उसी के पास थी, अन्दर खाना उसी सुघड़

अन्दाज़ से टेबल पर लगा था। खाना उसने भुक्खड़ की तरह खाया। फिर लैपटॉप लेकर बैठ गयी!

"डियर नलिनी,

आज माँ का तर्पण करने निकली थी, मगर मन न हुआ, हर चीज़ में पैसा, आडम्बर, गन्दगी! स्टेशन से ही इस शहर ने डिसअपॉइंट किया मुझे इस पवित्र नगरी के ऐतिहासिक, धार्मिक महत्त्व से इनकार कहाँ... कर ही नहीं सकती। उन अनुष्ठानों को भी समझती हूँ, मैं भी आखिर हिन्दू हूँ। टू बी ऑनेस्ट, लगता है यहाँ के लोग पारे की तरह चंचल हैं, घर में बैठते ही नहीं... मेरे लिए यह समझना कठिन है कि इतने छोटी गलियों में इतने सारे लोग भरे कैसे रहते हैं? या इसे बेहतर तरीके से कहूँ तो इस गन्दगी, प्रदूषण और भीड़ भरे शहर में लोग पवित्रता, अध्यात्म और शान्ति आखिर कहाँ खोज लेते हैं? मेरे ख़याल में शायद यही आस्था का सार हो कि...किसी वस्तु को वहाँ खोज लेना जहाँ उसके होने की कल्पना भी मुश्किल हो। मुझे लगा था कि यहाँ शान्ति मिलेगी। मगर यह पवित्र जगह अन्दर तक विचलित कर देने की हद तक गन्दी है। गंगा मैया के तट सूअरों और मल-मूत्र से संघर्ष करते नजर आते हैं। भिखारियों के मलिन कटोरे आपके चेहरे के आगे लहराते हैं, बच्चे नाक पोंछते हुए अपने हाथ आपके कपड़ों से लगा देते हैं। हर कोई आपको कुछ न कुछ बेचना चाहता है। पोस्टकार्ड, पायल, झुनझुना...मालाएँ, पूजा सामग्री...कुछ और नहीं तो पूजा कराने की विधि या सुख-शान्ति, लम्बा सुहाग...भरी गोद भी यहाँ मिल जाएगी... नहीं भैया। नहीं चाहिए...को आप मंत्र बना लो और नाक की सीध में इनसे बिना नजर मिलाए चलते चले जाओ तो...ही ठीक वरना...तुम इन गरीब, दयनीय ठगों से घिरे होओगे, जो एक रुपये के लिए भी आपस में लड़ मरें...छोटे बच्चे जिन्हें देखना भी कठिन है और उन्हें उपेक्षित कर आगे बढ़ जाना भी! मैं गंगा के हनुमान घाट पर खड़ी थी और मैंने एक भैंस के शव को गंगा में बहते देखा, फिर मेरा बोट राइड करने का मन ही नहीं हुआ, मगर लोग उस पानी से आचमन कर रहे थे! मैं उन्हीं गलियों से होकर लौट आयी जहाँ भैंसें रास्ते में सो रही थीं और कुत्ते पैर पड़ जाने पर काट भी सकते थे... पान के थूक के सैलाब देख कर सुपरहीरो को सैल्यूट करने का मन हुआ...खई के पान बनारस वाला! न केवल गोबर...मानव विष्ठा में भी पैर न जाने कितनी बार पड़ा होगा!

मैंने पतली गलियों में पीछे आती एक अमरीकन स्त्री को चीखते सुना– Why did you bring me here? I don't want to be here, the narrow old filthy city, too many people, no air too breath, वह अपने पति पर चिल्ला रही थी। पति भगवा पहने अपने लम्बे डग बढ़ाता। अपने सुनहरे केश लहराता नंगे पैर चला आ रहा था...उसके माथे पर त्रिपुण्ड लगा था– My Love Path to God is not so easy–ओह! मेरे ज्ञान चक्षुओ खुलो! इसीलिए कहा गया होगा कि ईश्वर तक पहुँचने की राह आसान नहीं! एक घाट पर मुझसे एक पण्डे ने पूछा, "पूजा करवा दें बहन जी। आप डुबकी लगा लें...नहीं तो आचमन कर लें आपके सारे पाप धुल जाएँगे। आप पापमुक्त हो जाएँगी!" मैंने गंगा के पानी को देखा और उससे कहा भाई साहब, अभी मेरा जल्दी मरने का इरादा नहीं है, मरने से पूर्व आपकी सेवा जरूर लेंगे। मैं इतनी गन्दगी देख आज तो माँ का कोई अनुष्ठान न कर सकी, माट्साब यानी तेरे मामाजी ने भी फोन पर मना किया था कि ठगा मत जाना, वे अपनी देखरेख में करवा देंगे। कल फोन कट गया था, मगर मैं ठीक हूँ। माट्साब से मिलकर अच्छा लगा, प्रभावित हुई उनके घर को सँभालने के पुरुष-अहं से मुक्त तौर-तरीके पर। खाना क्या गजब बनाते हैं, घर एकदम चमकता हुआ! गार्डन ओह! अमेजिंग।

ई-मेल करके अनामा ने अपने कपड़े डिटॉल में भिगो दिये। नहा कर गहरी थकान के बाद सो गयी। शाम को माट्साब उसके कमरे में ही दूध और फल लेकर आ गये और बोले, "कल मेरा ऑफ है, सुबह जल्दी तैयार रहिएगा, विश्वनाथ मन्दिर चलेंगे।' जाते हुए मुस्कुराये..."आज का एडवेंचर अच्छा रहा होगा! रास्ता तो नहीं भूलीं न! मेरा दिशाबोध ठीक ही है...फिर ऑटोवाला आपको जानता था।" उसने नकली खीज से कहा और मुस्कुरा दी।

अगले दिन वे दोनों एक मुहाने तक ऑटो से आकर, फिर गलियों के गुँजल में पैदल चल पड़े। बनारस में शुरुआती सर्दियों की धूप विश्वनाथ मन्दिर के गुम्बदों पर चमक रही थी। सुरक्षा चक्र के कँटीले और करंट भरे तारों में से अलगा दी गयी थी, मन्दिर के गुम्बदों से सटी मस्ज़िद की मीनारें, उसके मन में कुछ चुभा। सहअस्तित्व! यह शब्द पिछले दिनों किस कदर छलता रहा है। नहीं? उसने खुद से पूछा। जब तक उसकी मणि माँ उसके साथ रहीं, उनकी बातों में यह शब्द आता रहा।

"तू अपने दाम्पत्य को भारतीय सन्दर्भों में जी सकती है कि नहीं? सहअस्तित्व कोई चीज़ होती है कि नहीं?"

"इसकी परिभाषा क्या है मणि माँ?"

"वह तुझे मारता है?"

"नहीं?"

"तेरा खर्चा नहीं चलाता?"

"चलाता है।"

"बच्चों की परवरिश में हाथ नहीं बँटाता?"

"वह भी बात नहीं माँ...मगर...फिर...वह 'बाई सैक्सुअल' है।"

"क्या वह उन्हें घर लाता है?"

"नहीं।"

"उनके साथ बाहर जाता है?"

"नहीं।"

"देर रात तक बाहर रहता है उनके साथ डिस्को...पब?"

"नहीं ठीक छह बजे घर आ जाता है..."

"फिर...क्या हवा में...? मैं जब-जब यहाँ आयी, मुझे तो कोई चिड़ि का पूत उसके आस-पास नहीं दिखा।"

"वह बाईसेक्सुअल है, मुझे पता है, उसने स्वीकारा भी है...उसके दो-तीन फ्रेण्ड्स 'गे' हैं... एक उसी की तरह फेमस फोटोग्राफर है, वो दोनों..."

"कोई औरत तो नहीं है ना!"

"ना!"

"तो अनामा, उसकी इस एक वजह से तू सब नष्ट कर सकती है?"

"फिर शादी का क्या मतलब मणि माँ? अब हम बेडरूम भी शेयर नहीं करते, मुझे जुगुप्सा होती है।" और अनामा को याद आ गये थे वो दिन। जब उसके पति की देह, उसकी देह में उलझी होती थी, और उसे यह अहसास होता था कि वह किसी और ही दुनिया में है, जहाँ उसके लिए कोई जगह नहीं है।

"शादी का मतलब एक उम्र बाद सहअस्तित्व होता है! बेडरूम नहीं! तेरे पिता 45 के हुए उन्हें एक नर्स से प्रेम हो गया था, बिस्तर शेयर करना तो दूर, वे बात भी बस काम की करते थे, मेरी उम्र अनामा तब 38 बरस थी, क्या उन्हें छोड़ देती? क्या खुद को छोड़ देती? फिर 55 के हुए उन्हें लकवा हुआ एक साल के लिए...बता तब छोड़ देती?"

"क्या मणि माँ आप भी क्यों सहन करती रहीं? एकतरफा सहअस्तित्व और सहनशीलता और त्याग की बातें मुझे समझ नहीं आतीं। उस पर पार्टनर का 'गे' होना...तो अमरीका और भारत दोनों में औरत को तलाक की इजाज़त देता है। यह होना, पूरी तरह दूसरे सम्बन्ध में होना है। इनफाईडेलिटी है!!"

"पूरी बात सुन अनामा, सहअस्तित्व का मतलब सहना नहीं है अनामा, अपने-अपने दायरों में बस साथ रहना है। मैंने सहअस्तित्व चुना...नौकरी की, मित्र बनाये। अपना सोशल स्टेटस बनाया।"

"मुझे समझ नहीं आता यह सहअस्तित्व का कांसेप्ट। जब प्रेम ही न बचा हो...दाम्पत्य में।"

"पगली प्रेम तो दाम्पत्य में बहुत गहरे तल में जाकर छिपा होता है।"

उस पल तो वह चुप हो गयी थी, मगर अगले ही सप्ताह पिता की प्रतीक्षा में बर्फ में सहेज कर रखी माँ की शान्त देह से वह बस यही पूछती रह गयी—कितना गहरे छिपा होता है माँ ये प्रेम! कितना? मणि माँ, अपनी तमन्नाओं की कब्रिस्तान में, मेरे सुखी परिवार की एक ताज़ा कब्र पाट कर, मुझसे लगभग नाराज़ तुम न्यूयॉर्क से जाने के लिए सामान पैक कर रही थीं, और तुमने उसी रात इस दुनिया से जाने का सामान पैक कर लिया? मैंने बताया ही क्यों था तुम्हें? उसी सहअस्तित्व की परिभाषा में 'अपर हैण्ड' रहे पिता ने तुम्हारी सूरत तक देखने की जहमत नहीं उठाई, कहलवा तो दिया कि— इतनी दूर का सफर मेरे लिए सम्भव नहीं, तुम हो, दामाद हैं ना...! बताओ किस रेत के तल में प्रेम था? या मरीचिका थी!

तेरह दिन बाद फोन पर हालचाल पूछने पर पता चला कि पिता को दुःख था तो एक, पश्चात्ताप था तो एक... "बस वैसे तो ठीक ही हूँ, बस खाने की दिक्कत रहती है!"

"अनामा जी! बचिए!" वह चौंक गयी, वह एक रिक्शे से टकराती, अगर माट्साब उसे बाँह से अपनी ओर खींच न लेते।

"क्या सोचने लगी थीं? कल की मेरी बात पर, उत्सुकता के तहत निजी पूछताछ...बुरा लगा क्या?"

"अरे नहीं, माँ का ख़याल आ गया था।"

"उनकी तिथि निकलवाई है, मेरा परिचित पण्डित तय कर देगा। क्या ठीक एक वर्ष हो गया?"

"अब होगा। अगले सप्ताह।"

माट्साब को दया हो आई! मातृशोक, तलाक...जीवन कुछ लोगों पर आसान नहीं गुजरता। आगे बहुत पतली गलियाँ शुरू हो गयीं, उसने फिर गली के मुहाने से मन्दिर और मस्ज़िद को देखा। दोनों मुँह फेरे खड़े थे, बीच में कँटीले तार खिंचे थे।

"इस मस्ज़िद में इबादत होती है?"

"हाँ शुक्रवार को घनी सुरक्षा के बीच। चुनौती है विश्वनाथ मन्दिर और यह मस्ज़िद, प्रशासन के लिए।" अनामा को बचपन में एक सर्कस में देखी सियामीज़ लकड़ियाँ 'गंगा-जमना' याद आ गयीं जिनके शरीर पीठ से और रीढ़ से जुड़े थे...!

वे एक बहुत सँकरी गली के जरिये मन्दिर के अहाते में आ गये। आगे जाकर वह सुरक्षा जाँच के लिए स्त्रियों वाली एक कतार में खड़ी हो गयीं। माट्साब पुरुष श्रद्धालुओं की पंक्ति में जा खड़े हुए। स्त्रियों की पंक्ति में बहुत भीड़ थी। वह स्त्री देहों की अनजानी गन्धों को महसूस कर रही थी। परनामी अगरबत्ती की महक, हींग की महक, खीरे की सी महक, नानी के कमरे वाली मीठे बूरे की महक, कच्चे सेब की महक। आगे बढ़ी तो सड़ते दूध की दुर्गन्ध आयी। अनामा को पाखण्ड से नफरत थी, उसने शिवलिंग के दूध से अभिषेक को बेमन से देखा, एक स्त्री दूध और दही से शिवलिंग को बहुत श्रद्धा के साथ सिंचित कर रही थी, वह बस हाथ जोड़ आगे बढ़ गयी, और स्त्रियों की भीड़ के रेले में सरकती एक सँकरे रास्ते से अहाते की ओर निकलने लगी, जहाँ माट्साब खड़े थे, तभी उसने महसूस किया किसी के हाथ उसके नितम्ब पर अजीब लिजलिजे तरीके से फेरे गये हैं। उसे पुरुषों की इस मानसिकता का, हरकत का खूब अनुभव था.उसने गुस्से में मुड़ कर देखा, वह अवाक्! उसके पीछे तो गुलाबी बुन्दकियों वाली पीली साड़ी में वही मध्यवयस स्त्री थी जो उसके सामने शिवलिंग दूध से नहला रही थी। मांसल आकर्षक, बड़ी लाल सिन्दूर की गोलगट्ट बिन्दी लगाये, वासनासिक्त मुस्कान और गुलाबी आँखों में दो-दो पैग की मादकता लिये। अनामा अजीब-सी घृणा से सिहर गयी। ये समान लैंगिक आकर्षण भी कैसा आकर्षण होता होगा? उसे लगा किसी ने उसके नितम्बों पर गिरगिट छोड़ दिया हो। उसके चेहरे पर घनी हैरानी और पता नहीं क्या-सा भाव देख माट्साब ने पूछा..."क्या हुआ?"

"अरे! वो...वो लेडी... मेरा मतलब यहाँ आज भी शिवलिंग पर इतना दूध गिराया जाता है, और बाहर भूखे बच्चे भिखारी कचरे में से...!!'

"यह आस्था है, जिसे तुम नहीं समझोगी।" कहकर उन्होंने अनामा के रंग उड़े चेहरे को देखा।

"भीड़ से परेशान हो गयीं क्या? आओ तुम्हें दो बूढ़ों से मिलवाऊँ!" वे उसे पैदल ही वहाँ ले चले जहाँ मन्दिर से सटे हुए मोहल्लों में से एक मोहल्ले में माट्साब के वृद्ध चाचा-चाची रहते थे। गलियों के गुँजलों में सरगर्मी बढ़ गयी थी, पास-पास सटी दुकानें, पान, मालाएँ, नकली गहने, बर्तन, दवाएँ, किताबें, सीडीज, मोबाइल, परचून, हलवाई। सब लाइन से...दुकानों के आगे भिखारियों की जमात। नालियों में मुँह मारते सूअर। वहीं कचौड़ी-जलेबी का नाश्ता करते भक्त जन... कड़ाही में काले-धुँआते तेल में जोगिया जलेबियाँ..."खाओगी?"

"अँह नहीं।" और फिर चौक के बाजार में बनारसी साड़ियों की सतरंगी छटा..."खरीदोगी?"

"अभी नहीं जाने से पहले। एक नहीं, कम से कम दर्जन भर।"

गलियों का गुँजल खत्म हुआ और सीढ़ियाँ आ गयी, और मोहल्ला शुरू हुआ। एक टुटहे दरवाजे से भीतर घुसे वे, अन्दर एक खुला अहाता था, अहाते में दो दुर्बल गायें बँधी थीं, गोबर-चारा यहाँ-वहाँ फैला था, एक कोने में बेतरतीब बने तिमंजिला मकानों की संक्षिप्त कतार। वे एक घर की ओर बढ़े, चाची झुकी कमर लिये बैठक में खटिया पर बैठी, एक पुराना मफलर उधेड़ रही थीं, चाचा मोटा चश्मा लगाये, चार चार्ट जोड़ कर, एक पुराने फाउंटेन पेन से कोई नक्शा बना रहे थे...उनकी उँगलियाँ नीली स्याही से सनी थीं। दोनों बूढ़े खूब सजग। जीवन-प्रवाह में रमे हुए।

"प्रणाम चाची, चाचा, कहाँ का नक्शा बना रहे हो?"

"अरे सम्भू, जियो। बड़े दिनन में आए रहिल! बिटिया-दामाद सब ठीक अ ठाक न? आ बईठ..." चाची ने खटिया पर जगह बना दी।

"अरे सम्भू! बस सरस्वती के उद्गम का नक्शा बना रहा था, अरे यह नदी विलुप्त न होती तो पूरे उत्तर भारत को राजस्थान तक जोड़ती...अब भी यह रेत के नीचे बहती है, तीन नहीं चार प्रदेशों में! इतिहास कहता है, हरियाणा का सिरसा शहर सरस्वती के नाम पर पड़ा! मगर मुझ बूढ़े पटवारी की कौन माने? खैर... तुम बड़ी लम्बी आयु लिखा आये हो सम्भु, मैं और तुम्हारी चाची कल ही तुम्हारी बात कर रहे थे और तुम आज आ गये।

आज अपने बैंक मैनेजर दोस्त से कह कर हमारा पेंशन का काम करवा दो...' कह कर चाचा ने अनामा को देखा, उसका मूक प्रणाम स्वीकार किया और प्रश्नवाचक, विनम्र दृष्टि से दुलार बरसा दिया।

"चाचा, ये अनामा हैं...आपकी स्व. बहू जमना के बड़े भाई दुर्गादत्त जी की पुत्री नलिनी की मित्र हैं, न्यूयॉर्क से आयी हैं। अपनी माँ की बरसी पर पूजा करवाने।"

"एक अनीह अरूप अनामा। अज सच्चिदानंद पर धामा।। अनामा...बड़ा अच्छा लगा मिलकर, जीती रहो।"

'सुनो वह मफलर छोड़ो, सम्भू आया है, ये मेहमान आयी हैं, कुछ अच्छा सा बनाओ न..."

"सम्भु, सुबह ही तोहार चाचा के ...निमोना और दलघुसरी बनाई रहिल..."

"वाह चाची...जल्दी दे दो, भूख लगी है।"

"त' तनी बैईठो इहाँ।"

चाची ने अपनी झुकी कमर के साथ ही तख्त पर ही, 'दलघुसरी, निमोना, बेसन के लड्डू और खीर' के दो थाल दस मिनट में ही चटपट सजा दिये, हींग की महक से अनामा की भी भूख जाग गयी...

"अउर दें का बिटिया?"

"नहीं चाचीजी, बहुत स्वादिष्ट खाना खाया आज बरसों बाद..."

"आप क्या बना रही थीं, ऊन से?"

"बस बिटिया, इनका नया मफलर...पुरानी ऊन से...सर्दियाँ बस शुरू हुईं। सुना अमरीका में बारहों महीने बरफ..." वह चाची की पतली, झुर्रीदार बूढ़ी उँगलियों की तत्परता देखती रह गयी।

"नहीं चाची, बस कुछ महीने...ही।"

माट्साब और चाचा जी, बैंक चले गये। वह चाची जी से बातें करती हुई, उनका गोला बनवाती रही। अनामा से चाची ने अमरीका के बारे में अटपटे सवाल किये, कुछ उसके जीवन के बारे में! "तुम्हारे पति..."

"अकेली हूँ अब चाची।"

"अच्छा अच्छा!"

वह ज्यादा नहीं बताना चाहती थी, उसे ख़याल था बूढ़ों के कागज़ी मन का। काश! तब वह मणि माँ के भी छिके हुए कागज़ी मन का ख़याल रख पाती! वह चाची से माट्साब के जीवन के बारे में उत्सुकता

पूर्वक सुनती रही... बड़ी अच्छी थी जमना...धर्म-कर्म, पूजा-पाठ, वैसा ही हमारा सम्भू! चाचा जी का बनाया नक्शा और पुरानी किताबें पलटते हुए वह दिन में वहीं तख्त की कठोर सतह पर बिछी दरी पर सो गयी। शाम को चाय के समय वे दोनों लौटे तो वह जगी। चाची ने फिर चाय के साथ पूरा 'बनारसी कुज़ीन' सजा दिया।

"अनामा, आओ तुम्हें बनारस का अनोखा दृश्य दिखाऊँ" शाम के उजास में भी उस घर में पसरे एक सुरमई अँधेरे से माट्साब ने आवाज दी...उसने अपनी चप्पलें खोजने की कोशिश की, "चप्पल रहने दो..."

उस तिमंजिला इमारत में अँधेरी सुरंग-सी बहुत ऊबड़खाबड़ सीढ़ियाँ थीं, जिनमें हर मंजिल पर बने दो-दो कमरों के सेट में कमरों में चाचाजी के निम्न मध्यमवर्गीय किरायेदार रहते थे, कोई चपरासी, कोई क्लर्क, कम्पाउण्डर, एक अँधेरी सीढ़ी की कुछ ईंटें उखड़ी थीं...वह फिसलते-फिसलते बची, उसने औचक माट्साब के खादी के कुर्ते का छोर पकड़ लिया, उसके और माट्साब के पीछे-पीछे कुछ कौतुक प्रिय छोटे बच्चे चले आये, और खुसुर-पुसुर करने लगे। कुछ घूँघट डाले औरतें झाँक गयीं। उनके लिए न केवल अनामा का पहनावा अजूबा बन गया, उसका लम्बा डीलडौल भी! उसके आस-पास वे बच्चे गौरय्यों की तरह कूदने लगे, बहुएँ दूर सीढ़ियों से घूँघट में उसे तकती रहीं, मुस्कुराती रहीं, फुसफुसाती रहीं।

"ये लोग कौन हैं?"

"किरायेदार। यूँ समझो कि बस मुफ्त रहते हैं, सौ-सौ रुपये महीने में।"

"मजाक कर रहे हैं? आज के जमाने में?"

"सच, ये लोग पचीस-तीस बरस से हैं, चाचाजी जानते हैं इनकी औकात, ये देंगे भी नहीं, वो लेंगे भी नहीं, निकाला जा सकता नहीं इन्हें आसानी से, बस यूँ समझो कि...अब यह इनका हक ही है यहाँ रहना..."

"यहाँ से तो पूरा मोहल्ला दिख रहा है, गुम्बद कितने सारे... कितने सारे मन्दिर, पुराने घर, और वो एथनिक झरोखे..."

"अभी हम एक मंजिल और ऊपर चलेंगे, वो वहाँ ...जहाँ से गंगा दिखेगी..." उसने ऊपर देखा, ढलते सूरज की झरती सतरंगी चमक में उसे बहुत ऊपर छत पर बनी एक मंजिल और एक छोटा-सा कमरा और गोखड़ा दिखा... "वहाँ कैसे जाएँगे।"

"उससे।"

"आर यू क्रेजी?"

वहाँ कोने में काई लगी, जर्जर नसैनी रखी थी, वे मुस्कुराये।

"अरे! तुम तो एडवेंचर लवर हो..." उनका उत्तर उसी दोस्ताना लहजे में था, मगर बाद में उसे अजीब लगा। 'एडवेंचर!' शब्द फिर मन में चुभ गया, मगर मुस्कुरायी!

"यह तो मेरे वजन से टूट ही जाएगी।"

"अरे रहने दो... आओ, मेरा हाथ पकड़ो..."

वे दोनों नसैनी की चूँ-चर्र के साथ ऊपर चढ़े, बीच में एक टूटे हुए आड़े बँधे डण्डे पर बँधी जूट के निकल निकल आने पर अनामा की चीख निकल गयी, माट्साब ने हाथ बढ़ा दिया, एक पल को वह ट्रेपीज नर्तकी की तरह आधी हवा में थी, गिर जाती तो! जब वे आखिरी सीढ़ी पर थे तभी वह जान गयी थी कि वह कुछ 'आउट ऑफ द वर्ल्ड ' देखने के लिए ही कवायद कर रही है। बच्चों की खिलखिलाहटें सुनाई देना कम हो गयी थीं। उसका हाथ माट्साब के हाथ में था, और वे बहुत सौम्यता से फुसफुसाकर बोले—"कैन वी कॉल इट एबसॉल्यूट? परम!"

"ओ माय गॉड! कितना खूबसूरत!!! इस तरफ देखो, गंगा किस कदर सुन्दर फैली है, घाटों के गुम्बदों के पार... गंगा की तरफ जाने वाला रास्ता कैसा मटमैले फीते जैसा दिख रहा है...और उस तरफ वह भीड़ भरा चौक और उससे निकलती गलियों का दृश्य किसी हाथ-पैर चलाते, उलटे पड़े गुबरैले-सा दिख रहा है, और वो रहे दोनों मन्दिर और मस्ज़िद के रूठे हुए गुम्बद और मीनार...! नाच उठी अनामा

"और हवा यहाँ साफ भी है....कोई महक नहीं बस सादा, साफ हवा! कैमरा क्यों नहीं लायी मैं..." कह कर उसने गहरी साँस ली, और जोगिया कुर्ते में कैद देह की रेखाकृति ढलती नारंगी शाम में एक सिलुएट बन गयी...

"इसे आँखों में भर लो...हर चीज़ कैमरे में भर लेने की नहीं होती।" एक नजर शम्भु दयाल ने अनामा पर दूसरी नजर गंगा के पाट की तरफ डाली और हाथ उठा कर ऐसे अँगड़ाई ली कि मांसपेशियाँ चटचटा उठीं। फिर अनामा की उपस्थिति से खबरदार होकर वे झिझक गये। एक गरुड़ ने मानो पंख फैलाए, दूसरे पल समेट लिए...अपनी सीमाएँ जान।

नीचे आकर उन्होंने चाची को बताया कि वे फिर उसी नसैनी पर चढ़े

जिस पर चढ़ने के लिए वो युवावस्था में उन्हें डाँटती थीं, बल्कि इस बार अनामा भी चढ़ी..."अरे! कित्ती पुरानी नसैनी..और तू सम्भु बुढ़ापे में।"

"चाची, इन्हें काशी दिखा रहा था।"

चाची अपने पोपले मुँह से जो बुदबुदाई उसे माट्साब ने टाल दिया...

"रांड-सांड, सीढ़ी-संन्यासी इनसे बचे तो सेवै कासी!" चाचा के अभ्यस्त कानों ने सुन लिया। "चुप रह सत्यानाशी!" अनामा चौंक गयी, ये वृद्ध जोड़े की इसरार पर, फिर मन ही मन हँस दी।

तीन-चार दिन ही में अनामा ने जान लिया कि माट्साब खुद को किस कदर और क्यों खुद को व्यस्त रखते थे कि यह जीवन की गोधूलि से पहले ही चला आया वानप्रस्थ कहीं कचोटे ना। ऐसा नहीं था कि शम्भु दयाल को यह वानप्रस्थ कचोटता न होगा! विधवा स्त्रियों की तरह मध्यमवर्गीय समाज में एकाध 'जुमले' उन पर भी उछल जाते, उन्हीं के उन बालपन के मित्रों की पत्नियों के श्रीमुख से जिनकी बारात में वे गये थे, 'उनका क्या वो तो ठहरे...तुम तो भरी पूरी गृहस्थी वाले ठहरे।' 'या हमने ही ठेका लिया है क्या गाँव के सारे...को जिमाने का?' उन्होंने जाना ही बन्द कर दिया अब उन मित्रों के घर। चाचाजी कभी-कभी आते, या इलाहाबाद से भानजा। या कभी कॉलेज के सहकर्मी।

उनकी दिनचर्या एकदम 'टाइट पैक्ड' सुबह गार्डनिंग, फिर योगा, अखबार के साथ सुबह की चाय, फिर नहा कर खूब लम्बी पूजा, खाना और नाश्ता वे साथ बनाते, कॉलेज जाते...शाम पाँच बजे लौटते, फिर चाय-पानी...फिर गार्डन की खोज खबर...किताबें पढ़ते, सात बजे मुफ्त पढ़ने वाली छात्र मण्डली धमक जाती, खाना खाकर नौ बजे तो वो सो जाते...माट्साब पूरे दिन व्यस्त। अनामा क्या करे? किताबें पलटती, उनसे भी ऊब जाती। उसने एक दो बार शाम का खाना बनाया जिसे माट्साब ने बिना तारीफ खा लिया, फिर उसका साहस न हुआ, अनामा को बर्तन साफ करने की आदत थी, सो महरी के न आने पर वह दोनों समय बर्तन साफ कर दिया करती थी।

शुक्रवार की शाम अनामा से मिलने चाचाजी घर आये... तो अनामा एक टूर ऑपरेटर के जरिए एक टूरिस्ट ग्रुप के साथ मथुरा-वृन्दावन-गोवर्धन जाने के लिए पैक कर रही थी।

"अरे शम्भु, ये अनामा को कहाँ भेज रहा है? काशी से बड़ा कौनसा तीर्थ! उलटे बाँस बरेली! फिर जैसे यहाँ ठग्गू पण्डे, वहाँ भी, जैसे यहाँ

सड़ाँध मारते घाट, वहाँ भी...'' वे पोपले मुँह से हँसे! फिर पूछ बैठे ''अनामा माँ का तर्पण हुआ?'' उसके गर्दन हिलाने पर बोले, ''मेरी मानो तो, एक दिन सारनाथ जाकर वहाँ के शान्त, स्वच्छ ध्यान कक्ष में बैठ कर अपनी ग्लानियों का तर्पण और माँ की स्मृतियों की लौ जला आओ।'' अजीब विरोधाभास था चाचाजी के अध्यात्म और दर्शन और निज आस्था में। उनका तर्क में विश्वास था। तार्किक आस्था को मन ही मन सैल्यूट किया अनामा ने। जबकि ये बॉटनी के प्रोफेसर, माट्साब तो पूरे आस्थावान हनुमान भक्त हैं।

''चाचाजी, सोच रहा हूँ, मैं भी अनामा जी के साथ चला जाऊँ, फिर वहाँ जमना ने गोवर्धन परिक्रमा बोल रखी थी, शांभवी के कन्यादान करने के बाद के बाद की, कन्यादान तो वह कर न सकी, उसे विदा करते समय मैंने सोचा था कि मैं उसकी इच्छा पूरी करूँगा, मगर पिछले दोनों साल इतने व्यस्त गये, कि फुरसत निकाल ही न सका।''

''गोवर्धन पर्वत भी अब क्या पर्वत रह गया है? उसके सिरे, पूँछ और चट्टान तक का बाजार बना कर बैठे हैं पण्डे। फिर भी जाओ, जिसमें तुम्हें अच्छा लगे वो जरूर करो, किन्तु तुम चल सकोगी इतना अनामा?''

''चाचाजी, मैं 9 कि.मी. एक स्ट्रेच में सुबह की सैर में चल लेती हूँ।''

''सुबह की सैर और इस परिक्रमा में फर्क है अनामा जी! आप रिक्शा ले लीजिएगा, या मथुरा-वृन्दावन घूमियेगा। मैं अकेला यह परिक्रमा कर लूँगा।''

''तो ये क्या चैलेंज है, माट्साब!'' अनामा ने अदा से तिर्यक मुस्कान दी माट्साब को...माट्साब भी मुस्कुरा दिये।

''चैलेंज पैदल चलना तो है ही, तुम सिगरेट भी न छू सकोगी जब तक वहाँ रहोगी!''

''अम्म! ठीक है...कोशिश करते हैं...आप कहते हैं तो।''

चाचाजी, पिचासी वर्ष के जरूर थे, मगर उन्हें बदलती आबो हवा महसूस होती थी। उन्हें पिछले दिन घर आये सम्भु के भानजे की बात याद आ गयी। 'पता नहीं कहाँ से आ गयी ये जादूगरनी दादा! ऐसे सिगरेट पीती है कि बस...कोई मर्दुआ क्या पिए। नाक से धुआँ निकाल-निकाल कर! किसी भी सात्विक का सत हर ले! सम्भु मामा पे वशीकरण चला दिया, उसके लिए दोनों टैम रोटी पकाते हैं, और वो सोफे पे सिगरेट के छल्ले उड़ाती है, लो अनामा...आज तुम्हारा पेट खराब है

न...ये लो खिचड़ी और चटनी! धत जब मामी थीं तो...गिरी चम्मच कभी न उठी इनसे! 'चाची भी हाँ में हाँ मिलाती रहीं। 'मुझे भी वह अजीब सी लगी, किरायेदारिन बता गयी कि टूटी नसैनी पर सरासर अधेड़ सम्भु की गलबहियाँ डाल चढ़ गयी। खुद भी तो 40 से कम की तो नहीं ही होगी।'

उन्होंने फिर गैर से दोनों को देखा, शम्भु उसी आस्था से कल्याण का नया अंक पलट रहा था, अनामा लम्बे बालों का सुघड़ जूड़ा बाँध, जूही का एक फूल अटका कर, सलवार कुर्ता पहने, उनकी चाय में चीनी घोलते हुए, चाची का कुशलक्षेम पूछ रही थी। शम्भु पैर छू रहा था, "चाचा, आराम से चलाइएगा स्कूटी।" अनामा उनके हाथ में जबरदस्ती एक पीला कढ़ा हुआ कश्मीरी शॉल और सुन्दर विलायती उनका मफलर पकड़ा रही थी—"आपके और चाची के लिए।"

रास्ते भर स्कूटी चलाते हुए वे इन दृश्यों में खोट ढूँढ़ने की कोशिश करते रहे! फिर सर झटक दिया!

अनामा ने पूरे पाँच दिन बाद नलिनी के ई-मेल का उत्तर दिया।

"प्रिय नलिनी, तुम्हारा ई-मेल, बहुत उम्मीद नहीं जगा रहा है, मैं जानती हूँ, आगे जीवन आसान नहीं होगा, मुझे नौकरी ढूँढ़नी होगी जल्दी ही, फिलहाल मैं गोवर्धन जा रही हूँ, परिक्रमा! पिछले पूरे सप्ताह से वही सोना, उठना, पढ़ना, खाना, फिर सोना-उठना, खाना, पढ़ना... बस यही सब! मैं इस घेरे से निकलना चाहती थी, इसीलिए परिक्रमा को एक चैलेंज मान लिया है, पैदल जाऊँगी। प्लीज, उसे बता देना कि, मुझे एलीमनी चाहिए ही नलिनी, कुछ भी करो...मैं अपने बूते पर तो वहाँ यू. एस.ए. में अपना सिगरेट और मेकअप का खर्चा भी न निकाल सकूँगी। बाकी लौट कर लिखती हूँ—अनामा"

माट्साब के ड्राइवर 'नन्हे खान' को परिक्रमा में कोई रुचि नहीं थी, मगर वह गोवर्धन आना पसन्द करता था, "जमना जीजी के साथ तो खाते-पीते आते थे...फिर वो मुझे आगरा जाने की इजाजत दे देती थीं तो हम ताजमहल, सिकन्दरा देख आते थे..."

"मगर नन्हे खान इस बार तुम कहीं नहीं जा रहे हो। रात को कौन-सा ताजमहल खुलता है...? हमें याद है हमने कितना इन्तजार किया है तुम्हारा, तुमने लगातार 3 फिल्में देख डाली थीं। आगरा में।" वह मन मसोस कर कार की पिछली सीटें गिराने लगा। पार्किंग से निकलते ही अनामा के पीछे भिखारी बच्चे पड़ गये। उसने माट्साब की बाँह थाम

ली, ''अरे! काट थोड़े ही खाएँगे!''

''मैं भिखारी बच्चों से बहुत डरी हुई हूँ, बनारस रेलवे स्टेशन ही से। ये बस मेरे तो पीछे ही पड़ जाते हैं। मंत्र की तरह 'एक रुपया दे दो' रटते चले जाएँगे। औरतों या आदमियों को तो डाँट दो मगर बच्चे...वो भी नशे में डूबे...लटके हुए- से दुधमुँहे बच्चों को पकड़े थोड़े बच्चे! आह! मैं दुबारा ये दृश्य नहीं देखना चाहती थी।''

जिस जगह से परिक्रमा शुरू होनी थी, अनामा की हैरानी के लिए...दण्डवत परिक्रमा करने वाले भक्त काफी थे! पहला किलोमीटर बड़ी अफरा-तफरी वाला था, वह गोबर, गन्दगी, जूठे पत्तल-दोनों से बचती-बचाती चप्पल पहने चलती रही। शुरुआती तीन किमी तक हवा में गोबर ही नहीं मानव विष्ठा की बदबू फैली थी! यार! यह कैसा धर्म और निष्ठा है, जहाँ पवित्रता और हाईजीन का दूर-दूर तक का नाता तो दूर बल्कि जन्म-जन्मान्तर का बैर-सा है। गोधूली का समय बीत चुका था, जब उन्होंने यात्रा शुरू की, तीन किलोमीटर चलने के बाद ही वह गोवर्धन के आमने-सामने...खड़ी थी। पुराण कहते हैं तो जरूर पर्वत रहा होगा कृष्ण के जमाने में, क्या सच ही उन्होंने किन्नी उँगली पर उठा लिया था? माट्साब से तो भई आस्था पर कोई बहस की गुंजाइश नहीं। फिलहाल यह एक फैली हुई औसत से बहुत कम ऊँचाई की नष्टप्राय पहाड़ी थी, जो बड़े-बड़े पत्थरों से जड़ी थी, चट्टानें लगभग बिखर कर तल में आ गिरी थीं... उसने एक चिकना पत्थर उठा लिया।

उसके पीछे चल रहा साधु एक बंगाली स्त्री को बता रहा था—पाहन हौं तो वही गिरि को, जो धरयो कर छत्र पुरंदर धारन। बहन, कलयुग के हर दशक के साथ पाप के बोझ से यह गोवर्धन की पहाड़ी इंच-इंच धसक रही है, वैसे गोवर्धन पर्वत और उसके आस-पास की धूल में कृष्ण के पैर पड़े हैं इसलिए नंगे पैर चलने से स्वयं कृष्ण के पैर छू जाते हैं और आपकी कोई भी इच्छा पूर्ण होती है। उसने आगे देखा, माट्साब बगल बनी रेतीली पगडंडी पर नंगे पैर उससे सात हाथ आगे चल रहे थे। नंगे पैर! उसने अपनी रबर स्लिपर उतारी और बैग में रख ली और पगडंडी पर जा चढ़ी। वैसे तो वो लोग कच्चे रास्तों पर चलते रहे, मगर बीच-बीच में रिसॉर्ट्स के आ जाने से उन्हें सड़क पर आ जाना पड़ रहा था...माट्साब क्षुब्ध थे कि ये कच्चे रास्ते जो गोवर्धन परिक्रमा को आसान बनाते हैं, आनन्ददायी बनाते हैं, बीच-बीच में कब्जिया लिये गये हैं।

"दरअसल सरकार भी 'फास्ट मनी' के पीछे है। इन पवित्र जगहों का दोहन किया जा रहा है, जमीनें अमीरों को बेची जा रही हैं, औने-पौने। यहाँ की शानदार फ्लोरा और फौना को कोई नहीं देखता। करील के कुंज नष्ट हो गये...कदम्ब तो गायब होते जा रहे थे कि किसी ठीक से प्रशासक की नींद खुली...तो अभी वृक्षारोपण हुआ है। आजकल गोवर्धन में विकास के नाम पर बहुत कुछ नष्ट होने लगा है। यहाँ की आध्यात्मिक और सांस्कृतिक विरासत प्रदूषित होने लगी है, लालची अभिभावको छोटी बच्चियों को दुर्गा या काली का कॉस्ट्यूम पहना कर रात को इन पगडण्डियों पर बैठा देते हैं, सब कुछ पैसे से प्रेरित है, गोवर्धन का हर कुआँ, पोखर खाली और प्रदूषित है, मगर उसे पुजवाने को पण्डा बैठा होगा... और हर चट्टान को मन्दिर बना दिया गया है। हर मन्दिर के आगे दुकान जिस पर कोक, पैप्सी, गुटखा, चिप्स क्या नहीं मिलता? देखो अब यहाँ, पान की दुकानों पर परिक्रमा के बीच ही बैठ कर लोग सास-बहू के सीरियल्स देखते हैं।"

"सुनिये! मुझे दिखाएँगे कदम्ब का वृक्ष?"

"हाँ अगर दिखा तो।" अनामा को थकान होने लगी थी, उसने चाल धीमी कर ली। माट्साब लपक कर आगे हो लिए।

"परिक्रमा ...आदमी के अहं को समाप्त कर देती है।" ...कहता हुआ एक तेजोमय व्यक्ति उनकी बगल से सरपट गुजरा उसके पीछे भक्तों की भीड़ थी। अनामा के आस-पास कई तरह के लोग चल रहे थे। विभिन्न वर्गों से, गाते-बजाते साधुओं की टोली, गपियाती घरेलू स्त्रियाँ, कुछ अलग बोल्ड सी स्त्रियाँ रंगीन लँहगा और रंगीन ओढ़ना ओढ़, सादा सफेद चोली को ओढ़ने से बिना ढके, सीना ताने तेज-तेज चलती हुई, अपने पुरुषों के साथ जिन्होंने धोती-कुर्ता पहन रखा था, पूछने पर माट्साब ने बताया, ये ही हैं गुर्जर! कुछ कॉलेज की छात्राएँ स्वेट शर्ट-जींस या लोअर पहने। पगडंडी वाले रास्ते में कई गऊएँ बैठी थीं, उनका गोबर जगह-जगह पड़ा था, जिससे बचकर चलने के कारण अनामा माट्साब से पिछड़ती जा रही थी। जबकि अभी वे लोग आठ किलोमीटर ही चले थे, पैरों में चुभते कंकरों ने अनामा का मनोबल कमजोर कर दिया था। वह परेशान हो रही थी, मगर बन्दा निस्पृह-सा आगे-आगे। साथ नहीं चल सकता? वहीं से चिल्लाये माट्साब– "सुनो गोबर से बचो मत, लग जाने दो पैरों में वह पैडिंग का काम करेगा।

छोटे कंकर नहीं चुभेंगे।''

''छिः''

न जाने कब उन्होंने अपने पैंट शर्ट चेंज कर लिए थे और एक छोटे कुर्ते-धोती में थे... और कुल्हड़ में चाय लिए अनामा की प्रतीक्षा कर रहे थे, अनामा जान गयी कि जीवन संग्राम किसे कहते हैं, यह शम्भु दयाल नाम का व्यक्ति अच्छी तरह जानता है।

''अनामा जब थक जाओ तो बता देना, रिक्शा कर लेंगे तुम्हारे लिए।''

''हाँ, फिलहाल ठीक है।''

गोविन्द कुण्ड परिक्रमा के बाद अचानक शोर सा शान्त हो गया। पैरों की रेत महीन थी यहाँ, गन्दगी भी नहीं थी। मानव-मल की गन्ध जो उसे एकदम परेशान कर देती है, वह भी यहाँ नहीं थी। बस गोवर्धन पर्वत के अवशेष, वह और माट्साब। अँधेरे और एकान्त के कारण उसकी चाल में तेजी आ गयी थी। वह तेज चलकर माट्साब के साथ बने रहना चाहती थी– कोई बहुत मार्मिक शब्दों में भजन गा रहा था, ''किशोरी इतना तो कीजो लाड़ली इतना तो कीजो, जग जंज़ाल से छुड़ाए, बास बरसाने को दीजो।'' हर कोई जीवन के जंजाल से मुक्त क्यों होना चाहता है, यहाँ? अनामा के मन में सवाल उठा, वहाँ बनारस में भी, मृतप्राय वृद्ध इसलिए महीनों पड़े रहते हैं कि जन्म-जन्मान्तर की इस चक्की से निकलें! यह कैसा अजीब सा सत्य है? रात गहरा रही थी...बन्दरों के झुण्ड पेड़ों पर सो रहे थे, चाँदनी रात में माट्साब ने इशारा कर अनामा को रोका और कदम्ब का पेड़ दिखाया। पीले गोल फूल महक रहे थे, वह महक उसने प्राणों में भर ली। यह वह पल था, जब उसे लगा कि वह अपने मन को कह सकी कि यह किसी आन्तरिक शान्ति का पल है... आपकी पत्नी ठीक ही कहती होंगी कि–ब्रज रज में जीवन है।

दस किलोमीटर नंगे पैर चलकर वह लड़खड़ा गयी, उसने देखा माट्साब बहुत आगे निकल गये थे। उसने हाथ लहराया तो रुक गये, उसका बहुत मन किया कि अब बैठ जाए या अब रिक्शा कर ही ले, तभी उसने देखा, एक अपाहिज युवक जो चाय की दुकान पर मिला था, उसके जरा ही पीछे चल रहा था, एक छोटे बालक को कन्धे पर लादे उसकी पत्नी चल रही थी, शोख सी, दो चोटियाँ बनाये, टखनों से ऊँची साड़ी पहने... राधे-राधे! श्याम मिला दे। माँ बोलती राधे राधे, बेटा चहक कर

कहता श्याम मिला दे। अपाहिज पिता घुटनों पर हाथ रखे चलता हुआ रुकता, जरा मुस्कुराता और उनके करीब पहुँच जाता। लड़कों का एक झुण्ड उनकी बगल से निकला—'श्याम-श्याम, कभी हमारी राधा भी तो मिला दे।' और एक ठहाका, वह भी मन ही मन मुस्कुरा दी! उसने ठहरने का, रिक्शा करने का इरादा त्याग दिया। जहाँ माट्साब रुक गये थे वहीं एक चबूतरे पर एक औघ्रड़ बाबा बस कोपीन बाँधे सोया था, उसकी बगल में एक साँवली भक्तिन, गलबहियाँ डाले। वह दृश्य देखकर अनामा झेंप गयी, माट्साब ने उससे कहा, "चलो, बेसुध हैं, गाँजे के असर में।" किसी तरह पहले भाग की परिक्रमा पूरी हो गयी थी, एक जगह कुछ लोगों ने भण्डारा रखा था, 'भइया जी, देखो भूखे ना चलियो, हमें पाप लगेगो...खा जाओ भइया...अभी बारह कोस का और चलना है...जय श्री राधे!' आओ, अनामा, प्रसाद खा लें। माट्साब पूड़ी आलू की सब्जी और हलवा कि एक-एक पत्तल दोनों के लिए आये, वह हिचक गयी। कहाँ इतनी सफाई से खुद रसोई पकाने वाला यह व्यक्ति यहाँ आकर एकदम सब भूल गया है?

"माट्साब" मैं अभी आदत नहीं डाल सकी हूँ।'

"खा लो-खा लो...मेरे पास दवाएँ हैं।"

प्रसाद स्वादिष्ट था। कुछ देर रुक कर उन्होंने वहाँ मन्दिर के दर्शन किए—ये भैरव, फिर गणेश, ये शालिग्राम का विग्रह, ये दाऊ, अब ये राधा और गोविन्द...वह उन खूब गोटे और चमकीले गहनों से सजी मूर्तियों को गौर से देखती रही। घण्टा बजाने के लिए हाथ उठाये तो माट्साब ने रोक दिया—"नहीं, सो रहे हैं, ये सब देवता अभी।" वे थकान मिटाने को कुर्सियों पर बैठ तो गये मगर उन्हें बेसुरे, फटे सुर वाले लाउडस्पीकर पर भजन सुनने पड़ रहे थे। पैरोडियाँ—अरे द्वारपालो कन्हैया से कह दो। दर पर तुम्हारे सुदामा आ गया है, उसे मौलिक गाना सोचने के लिए दिमाग खपाना पड़ा, उसके लिए यह चलते समय का दिमागी खेल-सा हो गया, एक किलोमीटर आगे आ जाने पर अचानक वह बोल पड़ी... 'ये माना मेरी जाँ, मुहब्बत जवाँ है...' माट्साब ने जो घूरा तो वह सहम ही गयी। दरअसल, वो जो भजन था न! इस गाने की धुन पर बना था।

सत्रहवें किलोमीटर पर एक समुच्चय गलियों के गुँजल से निकल फिर वे दूसरे समुच्चय की गलियों के नये गुँजल में घुसते जाते। गौड़ीय

सम्प्रदाय के एक मन्दिर फिर दूसरे बंगाली मन्दिर तक, ललिता कुण्ड से राधा कुण्ड तक जाते हुए रात गहराने लगी थी, पैर बुरी तरह दुख आये थे...कस्बे की गलियों में अचानक परिक्रमाकारियों की भीड़, वाहनों का शोर बढ़ गया था। गलियों में मटमैले सफेद इकहरी धोती वाली, सिर मुँडी बंगाली विधवाओं, युवा-वृद्धाओं की पंक्तियाँ नाली के किनारे आँचल फैलाए बैठी थीं। दो रुपये की भीख की प्रत्याशा!

विधवा-परित्यक्ता! अनाथ, अक्षम स्त्रियाँ आधी रात ठण्ड में आँचल फैलाए बैठी थीं और मन्दिरों में स्वर्ण रजत में ढँके शालिग्राम सो रहे थे, कृष्ण-राधा-दाऊ भी सो रहे थे, आगे गणेश के मंगलकारी विग्रह भी सोते रहे। किसी ने इनका करुण विलाप नहीं सुना??? एक बंगाली विधवा युवती गाती रही...

'यदि आमार दिवा राती/ केटे जाबे बिना साथी
सबे कैनो बंधूर लागी/मिछे पथ पाने चावा
कत गान तो होलो गावा/आर मिछे कैनो गावा'

''आह! कैसा मार्मिक गीत है!''

''अर्थ जानती हो? बांग्ला आती है?''

''नहीं! धुन मार्मिक है।'' अनामा झूठ बोल गयी। अधिराज बंगाली ही तो था, कितने बांग्ला गीत याद थे उसे, रवीन्द्रनाथ, नजरुल...अतुल प्रसाद के, फिर इस मुहाने पर अकेले छूट गये इस विधुर माट्साब को भी कैसे बताती कि इस गीत का असल अर्थ है– अगर मेरे रात-दिन साथी के बिना ही कटने हैं, तो मैं किस मित्र की राह देखता हूँ? कितने तो भजन गा लिए, अब बेवजह और कितने गाऊँ?

अनामा का सर चकराने लगा। अचानक...उसे धुँधलका-सा लगा और वह एक घर के आगे बने चबूतरे पर बैठ गयी। और उस पर बेहोशी तारी होती उससे पहले माट्साब ने उसे कन्धे से थाम लिया... 'क्या हुआ अनामा' और अनामा का सर चकराया और वह चबूतरे पर लुढ़क गयी। माट्साब ने एक कार वाले को रोका, वह रुका... 'अनामा!' माट्साब ने उसे उठाने का प्रयास किया, वह उनके वक्ष पर ढही पड़ी थी... हाथ की बॉटल का पानी उसके चेहरे पर डाला तो वह हड़बड़ाई और 'भक' करके ढेर सारी उलटी उनके कुर्ते और बायीं आस्तीन पर कर दी! कार वाला...यह दृश्य देख कर खिसक लिया। माट्साब ने बचे खुचे पानी से अनामा को कुल्ला करवाया और अपने ऊपर लगी अनामा की उलटी को

साफ किया...अब वह होश में थी! माट्साब अनुभवी थे, अनामा के लो बी. पी. को भाँप गये। उसे एक मन्दिर से लगी विश्रामशाला में बिछी जाजम पर जा लिटाया और खुद बाहर चले गये।

"थोड़ा सो जाओ।"

सड़क से आता बहुत सारा शोर उसे जगाये रहा, विश्रामशाला में आते-जाते तीर्थयात्री भजन गाते रहे, वे बहुत उत्साह में थे... एक सजीला सा, सुगठित देह वाला साधु भीतर आया जिसने आँख में काजल लगाया था, घने काले-काले बाल जूड़े में बाँधे थे, उसकी ओर रसीली आँखों से ताकता हुआ कुछ दूर लेटे हुए एक वृद्ध पुजारी जी से बोला–गुरु जी, जैई तो बात है ब्रजधाम की कि भगत लोग कह गये–ब्रजहिं छोड़ बैकुंठउ न जइहों। अनामा उठ कर बाहर आ गयी, उसी चबूतरे पर माट्साब बैठे थे। कुर्ते की बाँह पर अनामा के वमन के अवशेष लगे थे, अजीब सी खटास भरी गन्ध... "आप कुर्ता उतार दें मैं धो लाऊँ...!"

"नहीं! रहने दो।"

"बहुत गँधा रहा है..."

"तुम बहुत सेंसीटिव हो गन्धों को लेकर, एक बार धो चुका हूँ...फिर गीला हो जाएगा अब धर्मशाला पहुँच कर ही स्नान करेंगे और निकलेंगे।"

"अब कितना बाकी है?"

"तीन किलोमीटर। ऐसा करो कि तुम रिक्शे से गोवर्धन की कार पार्किंग तक पहुँचो...मैं बाकी परिक्रमा पूरी कर मानसी गंगा में हाथ-पैर धोकर, प्रसाद लेकर आता हूँ।"

"नहीं साथ चलूँगी, इतना चली हूँ तो, हम यहाँ थोड़ा और रुक सकते हैं? मगर भीतर नहीं, वहाँ घुटन है।"

"हाँ, अभी सुबह होने में देर है। चलो उधर ठीक है।"

राधाकुण्ड के घाट पर वे एक थोड़े साफ हिस्से में बैठ गये। अनामा ने थैले से निकाल कर जूस पिया और माट्साब की एक पतली मलमल की धोती बिछा ली और उस पर आँख पर बाँह रख लेट गयी। माट्साब उसकी बगल में हाथों के बल अधलेटे हो गये, दोनों धूल-धूसरित...मैले पैर, सारी दुर्गन्ध भूल कर अनामा एक नई महक से परिचित हुई! तभी अन्धे भक्तों के एक ऑर्केस्ट्रा ने भी वहीं डेरा डाल दिया। पहले तो एक बूढ़े भगत जी ने बहुत सुन्दर भजन गाया। बाद में एक युवक ने माइक सँभाला, वह कुछ बेहद रूमानी, सस्ती सी फिल्मी पैरोडी गाने लगा।

पहले उसने कुछ भूमिका जैसा कुछ कहा... राधा के गोरे मुख पर जब घिर आयी जुल्फों की घटाएँ, श्याम को शरारत सूझी...उन घटाओं को हटा मुख चूम लिया....राधा के चेहरे पर लाज का रंग छा गया कृष्ण के सीने पर भी पसीना आ गया...

अनामा की कनपटी के पास की नस फड़की, उसने गहरी साँस ली...और उस पैरोडी पर मुस्कुरा दी, यह कृष्ण भक्ति या सूफियाना भक्ति में ही सम्भव है...इतनी खुली, फिज़िकल टाइप की रूमानियत! उसने पलट कर अन्धे युवक को देखा, एक काला-सा, अतिदुर्बल 18-19 साल का लड़का था, धूसर शर्ट-काली पैंट पहने, जिसकी आँखों में पुतलियाँ न होने के कारण पलकें आँखों के कोटर में फँसी थीं और एक बड़ी मक्खी की तरह हिल मात्र रही थीं। इसे कब यह रूमानी अनुभव हुआ होगा... या यह इसकी फंतासी-सी कोई है? आस-पास वाद्य (महज ढोलक, मंजीरे, हारमोनियम) बजाते दूसरे अन्धे पुरुषों को भी इस रूमानियत का जोश छा गया था।

माट्साब इस समूचे दृश्य से निर्लिप्त, अधलेटे एक बरगद से उड़ान भरते एक बाज को गौर से देख रहे थे और नीम की दातौन चबा रहे थे। अनामा ने गौर किया, नवम्बर के उस प्रत्यूष में कुर्ते के खुले बटनों में से झाँकते माट्साब के अल्प रोमश सीने पर पसीने की बूँदें थीं कि उसका भ्रम था। वह तत्परता से उठी और उस अन्धों की संगीत मण्डली को सौ रुपये का नोट दे आयी। बूढ़ा भगत नोट टटोल कर पोपली मुस्कान मुस्काया। वह घाट की सीढ़ियाँ उतर आयी...चाँदनी रात में राधाकुण्ड का नीला पानी गुलाबी होने लगा...पौ फट रही थी। उसके बाल धूल से भरे थे, पैर सूज कर दो-दो किलो भारी हो गये थे। माट्साब का स्नेह और उनकी गहन कोमलता उनके चरित्र की असाधारण मजबूती के साथ सर्दियों की हलकी धूप की तरह अनामा पर प्रकट हो रही थी।

एक दिन बाद, शाम को बनारस में, चाचा जी प्रसाद और पेंशन के कागजात लेने 'मंगला पुरी' आये। जाते समय वे बोले, "तुम बार-बार पूछते थे न शम्भु तो सुनो, शब्दकोश के अनुसार अनामा एक छन्द है, अनामिका उँगली का पर्याय भी है, ऐसी उँगली, ब्रह्मा का शिरच्छेद करने पर भी जिसका नाम निंदित नहीं है। पुराणों के अनुसार इस उँगली से शिव ने ब्रह्मा का शिरच्छेद किया था। यह पवित्र मानी जाती है, धार्मिक कृत्य करते समय इसी उँगली में पवित्री धारण की जाती है।"

"ओ बाप रे! आखिर कितने अर्थ हैं अनामा के...?" शम्भु दयाल डोरमैट से पैर पोंछते हुए बोले। "एक और भी है, यूनाइटेड नेशन्स असिस्टेंस मिशन इन अफगानिस्तान (अनामा)"

"हिश्श! यह भी कोई अर्थ हुआ?" अनामा मुस्कुरायी, मीठी मुस्कान।

"सच्ची! न्यूज में आ रहा था।"

"अरे हाँ एक गुड न्यूज और जो नलिनी ने भेजी है।"

माट्साब हँसे, वही हँसी कि जिस हँसी पर शक होता हो कि यह हँसी ही है कि रुदन! अनामा फिर मुस्कुरा न सकी। सहम कर आगे बोली, "नलिनी का फोन आया था, वह मान गया है, मुझे वहाँ रहने को फ्लैट मिल जाएगा...एलीमनी भी! कल आप तर्पण की व्यवस्था कर देंगे?"

अगले दिन, सुबह-सुबह, तर्पण माट्साब के एक छात्र के पिता ने विधिवत किया, गंगा जल का आचमन और डुबकी वह चाह कर भी न लगा सकी, माट्साब ने ही यह अनुष्ठान पूर्ण किया। वे दोनों मन्दिर के पास ही घाट पर सीढ़ियों पर बहुत देर तक बैठे रहे। फिर एक नाव में जा बैठे, चप्पुओं की आवाज बीच नदी में पसरे मौन को मुखर करने लगी। वे सुदूर एक चबूतरे और जीर्ण छतरी की तरफ इशारा बताने लगे वही जगह है जहाँ बिस्मिल्ला खान रियाज़ करते थे। अनामा उड़ते बालों को लट में बाँधती रही, पूजा के कारण, उसने साड़ी बाँध ली थी, गुलाबी आँचल नीले विस्तार में घुला जा रहा था... माट्साब के अभिव्यक्तिहीन जीवन में एक कविता जन्म ले रही थी. .. 'तुम अनामा छन्द हो कि मेरे मन का द्वन्द्व हो? पीर के सुर से निकल कर, मृत्यु का आनन्द हो? सूर्य के रथ सा कभी बढ़ न जाना छोड़कर, भूल ना जाना इस प्रणय के/ये पृष्ठ धूमिल मोड़ कर।' (ये पंक्तियाँ जीवन सन्दर्भ ब्लॉग के प्रस्तुतकर्ता डॉ. भूपेन्द्र कुमार सिंह की एक कविता से प्रेरित हैं, साभार, सश्रेय)

नाव आगे बढ़ी तो हरिश्चन्द्र घाट की तरफ से आती हवा का धुआँ नाक-आँख में भर गया था। उस दिशा में प्रज्वलित अग्नि का प्रकाश इतना चमकीला था कि वे जान गये आज मृत्यु ने जरा बड़ा मुख खोला है, बड़ा ग्रास ग्रसा है। एक मुक्त करता भय, ऊँचा उठाता मौन शहर को घेरे था। जिसने अनामा के मस्तिष्क को सधी हुई एकाग्रता की स्थिति में ला दिया था। क्या अच्छा पल था, इस कुछ न होने की अवस्था का, इस चराचर विश्व के एक ही सी, एक ही दिशा को जाती नियति को जान

लेने का। माटी से माटी, राख से राख, धूल से धूल... मृत्यु में कुछ भी रुग्ण नहीं होता, यह जीवन का सरलतम सत्य है जिसे हमें रोजमर्रा के विकल्पों और विचारों में याद रखना चाहिए ही! फिर भी यह महानतम रहस्य है, जिसके लिए युधिष्ठिर ने महाभारत में कहा है—हर दिन मृत्यु आती है और हम ऐसे जीते जाते हैं कि मानो हम अमर हों!

प्रिय नलिनी,

तुमने ठीक कहा कि बनारस किसी नये व्यक्ति के लिए एक कैलाइडोस्कोप है। यह आप पर धीरे-धीरे खुलता है। बनारस को 'वन गो' में नहीं महसूस किया जा सकता। यहाँ के जीवन का सुरताल देर से समझ आता है। तुम सच थीं, वाराणसी एक जादुई शहर है, जिसमें मैंने मृत्यु और जीवन को उसके सूक्ष्मतम और विरोधाभासी रूप में देखा है। प्रकाश और अन्धकार का शहर, भगवा चोलों और रंगीन साड़ियों का शहर, नगाड़ों और अजानों का शहर, ऊँची उड़ती पतंगों का और सड़क पर लेटी भैंसों का शहर, रिक्शों की घंटियों और सितार की तान का शहर, उबलती चाय और गरम जलेबियों का शहर, इस शहर से लगाव कर पाने में मुझे वक्त लगा, क्योंकि एक सच्चा लगाव, बहुत से गुस्से, खीज, निराशा-हताशा के पलों से लड़ने, उबरने के बाद ही जन्मता है, यह शहर अब भी चुनौती है। फिर भी यह सच है कि यहाँ आकर लगा नलिनी कि क्षणभंगुरता क्या है और जीवन का सार दरअसल क्या है? मुझे हैरानी हुई जीवन को तो यहाँ के लोग फूँक पर रखते ही हैं, हर समय उत्सव के नशे में रहते हैं, जेब में कानी कौड़ी भी न हो तब भी! मगर मृत्यु को भी यहाँ कितने हलके से लेते हैं लोग...जैसे मृत्यु भी एक उत्सव हो। मैंने माँ की उत्सवधर्मी स्मृतियों को सहेज लिया और ग्लानि का तर्पण कर दिया है, वे मेरी चिन्ता में बहुत जागी थीं, मैंने उन्हें चिरनिद्रा में देखा अपने सपनों में।

एक रिक्वेस्ट तुमसे, बच्चे वहाँ अपने पिता की जिम्मेदारी में हैं, और उनकी देखभाल करने में अधिराज सक्षम हैं, अधिराज से मेरी तरफ से क्षमा माँग लेना, मुझे अब किसी फ्लैट या एलीमनी की आकांक्षा नहीं है, मेरे पास डिग्री है, मैं यहाँ तो अपना खर्च चला ही लूँगी! मैं फिलहाल पापा के पास दिल्ली जा रही हूँ। फिर देखते हैं जीवन किस दिशा में बहे! शम्भु दयाल जी और तुम्हारा शुक्रिया कैसे अदा करूँ, यह तय नहीं कर पा रही।

—तुम्हारी अनामा

मि. वॉलरस

विंडचाईम हवा में डोला और मेरी नींद खुल गयी। मैं एक उदास सपने के भीतर वैसे ही सोया था, जैसे तूफान भरी रात में भटक कर कोई एडवेंचरिस्ट अपने तम्बू में सोए, लगातार तूफान के बदतर हो जाने की आशंका में और उठे तो देखे कि तूफान थम गया है, बाहर-भीतर सब तहस-नहस करके और अब मन्द बयार चल रही है।

जब सोया था तो इस सोफे का रंग सलेटी दिखा था, राख-सा। सामने जो पेंटिंग लगी है, वह भी कितनी डरावनी लग रही थी। बस तीन डरावने चेहरे। परदों की सफेदी बर्फीली थी। विंडचाईम चुप था, रात भर घबराई हुई टिटहरी बोलती रही थी। जागा हूँ तो अपना चतुर्दिक पहचानना चाहता हूँ। मैं सुन्दर फिरोजी सुनहरे फूलों वाले सोफे पर लेटा हूँ, सामने पेंटिंग वाले तीन चेहरे राजस्थानी स्त्रियों के हैं, उनमें से एक दुल्हन है। परदे सफेद नहीं हैं, मोती-सी आभा वाले हैं, उन पर सारसों वाला मोटिफ है, सेल्फ प्रिंट-सा।

लेकिन, यह घर किसका है? ओह! वह है कहाँ? मैं चादर फेंक कर

अजनबी घर के भीतर दौड़ता हूँ। छोटा-सा घर है। एक कमरा खोलता हूँ, वह स्टडी-रूम है किताबों से भरा, एक ईज़ल पर अधूरा पेंट किया हुआ कैनवास टँगा है, उस पर धूल जमी है, जैसे उसे न जाने कब से अधूरा छोड़ा हो, वह इस अधूरेपन में, धूल के साथ भी कलात्मक हो सकता था, मगर किसी से उस पर मोटे ब्रश से स्याही फेर दी है। क्यों? बगल की टेबल पर एक काँच के गिलास में रजनीगन्धा के फूलों की सूखी टहनियाँ हैं। एक किताब खुली पड़ी है, एक कविता पर अटकी 'मुक्ति प्रसंग'?

मैं अगले कमरे में जाता हूँ। दरवाजा खुला है, बस परदा पड़ा है भारी-सा और गहरा नीला। मैं ठिठकता हूँ, खोलूँ के न खोलूँ, मगर रात को जहन के कैनवास पर भी तो किसी ने मोटे ब्रश से मृत्यु का स्याह स्ट्रोक लगाना चाहा था। मैं परदा हटा ही देता हूँ, कमरे में दवा की गन्ध का कसैलापन है, मैं खिड़की खोल देना चाहता हूँ, किन्तु वह सोयी है, औंधी पेट के बल। काली टी-शर्ट में... ठीक ऐसे ही जा पड़ी थी वह बिस्तर पर उसके जूते मैंने उतारे थे। जुराबें अब भी पैरों में हैं। एक पैर बिस्तर से बाहर लटका है। उसकी बगल में बच्चा भी बेसुध सो रहा है। बच्चे के होंठ खुले हैं, कभी-कभी वो उन्हें हिलाता है, मानो माँ का स्तन या बॉटल उसके मुँह में हो, शायद भूखा है। मैं सिहर जाता हूँ, कैसे दुःस्वप्न से निकले हैं दोनों, आगे भी कौन से सब्जबाग हैं? मैं चुपचाप बाहर आ जाता हूँ, क्यों लिया होगा ऐसा निर्णय? जो निर्णय जीवन को...खैर...मैं रात की घटना नहीं सोचना चाहता। सिगरेट सुलगा लेता हूँ। बॉलकनी में धूप आई-स्पाई खेल रही है। मौसम में ठंडक आने लगी है।

मुझे अचानक लगा, भीतर बच्चा कुनमुना रहा है, जानता हूँ वह अब भी बेसुध पड़ी है। 'सोएगी अभी।' डॉक्टर ने कहा था, 'इन्हें दस घण्टे की नींद लेने दें'। मैं बॉलकनी तक बच्चे की 'कुनमुन' सुन पा रहा हूँ अब, भीतर लपकता हूँ। बच्चे की चमकीली काली आँखें खुली हैं, वह माँ की तरफ पलट कर उसकी आकृति से बातें कर रहा है, कभी हिलते परदे से और रोशनी के टुकड़ों से गा गू...गू ...गु...किलक भरी आवाज में कि मानो कह रहा हो, 'अच्छा हुआ न ममी हम फिर यहीं हैं, ये अपनी प्यारी दुनिया। तुम और मैं और ये रोशनी के गोले...और मीठा दूध, मम्मी भूख...' अब उसकी आवाज में हलकी खीज आने लगी है, किलक... खुन-खुन में बदल गयी है। वह अँगूठा नहीं, पूरी मुट्ठी चूस रहा है। नीचे सूसू का नन्हा तालाब बन गया है।

मैं उसे आहिस्ता से एक ही बाजू से उठा लेता हूँ, वह चौंकता है मगर रोता नहीं है। बाँह पकड़ लेता है, वह ऐसे भी रोता कम ही है, 'जॉली गुड फैलो'! 'ब्रेव ब्वॉय'! मैं उसके कान में फुसफुसाता हूँ। आहिस्ता से बाहर ड्राइंगरूम में उठा लाता हूँ। सोफे पर लिटा देता हूँ, वह गौर से मेरा चेहरा देखता है, क्या इसे रात की पहचान याद होगी? डायपर बदलते हुए मुझे, वर्तमान जिन्दगी के पीछे कहीं लपेट कर रख दिया समय याद आ जाता है। जब घर नाम का 'ओएसिस' मेरे हिस्से भी आया था।

रसोई तरतीब से जमी है। बहुत कम सामान मगर पर्याप्त। मैं बॉटल उबालता हूँ। फॉर्मूला मिल्क पाउडर से दूध बनाता हूँ, बच्चा चुपचाप दूध पी रहा है, उसकी काली चमकीली आँखें सतत मेरे ऊपर लगी हैं। मेरी उपस्थिति उसे सुरक्षित और असुरक्षित दोनों कर रही है, वह थोड़ी देर बाद पैर चलाने लगता है और मैं अखबार उठा लेता हूँ। मेरा अखबार में मन नहीं लग रहा, मगर बच्चा अखबार पर हलके-हलके पैर लगा कर खुश हो रहा है।

"तुमने गलत लड़की को चुन लिया। मुझे ही क्यों चुना इतनी लड़कियों में से, तुमसे तो कोई भी आकृष्ट होती। तुम्हारे डील-डौल और चेहरे से नहीं मि. वालिया! तुम्हारे पॉवरफुल होने से! क्या मैं सस्ती दिखी, क्या मैं श्रापित थी? मैं वो पपेट नहीं जो तुम चाहते थे, मैं तुम्हारी लाल-पीली आँखें अब नहीं झेल पाऊँगी। मैं अलग हूँ। मैंने तुम्हें निराश किया न बच्चा पैदा करके, तो मुझे छोड़ दो अब...मेरी स्मृतियाँ और ग्लानि मुझे खा जाए उससे पहले," वह बार के पीछे खड़ी फुसफुसा रही थी।

मैंने देखा कि उसने उसका जोर से हाथ पकड़ लिया, वह फुसफुसाहटों में चीखी—"हैल्प!"

"चीखो मत! सीन क्रिएट मत करो। आई डोंट नीड दिस शिट!!! समझीं!"

"दैन, वाय डोंट यू जस्ट फ' ऑफ!"

"सुनो।"

"नहीं, सुनना कुछ। जब से आयी हूँ, तुम्हारी पत्नी से सुन ही तो रही हूँ, जबकि तुम्हीं ने बुलाया था। तुमने कहा था कि वह स्वीकार कर चुकी है, मेरा होना, इस बच्चे का होना।"

बच्चा, स्ट्रॉलर में बैठा अँगूठा चूस रहा था, मित्र ने बच्चे को देखा

और गहरी साँस लेकर चला गया। जैसे ही मेहमान विदा हुए, वह बच्चे का कुछ सामान लेने भीतर गयी और मैं अपनी जैकेट लेने, तब ही तो ये वाक़या हुआ। अन्दर मित्र पत्नी ने जेवरों के साथ-साथ सौजन्यता भी उतार फेंकी और बिना भूमिका के उसे धर लिया,'' इस बच्चे को लेकर अब और इमोशनल ब्लैकमेलिंग नहीं चलेगी। समझी!''

''माफ कीजिएगा, मैंने आपसे इसके लिए क्या माँगा? या आपके पति से?'' चाँटा गूँज गया स्टडी में, उसके बाल चेहरे पर बिखर गये, वह स्तब्ध रह गयी, बिना रोए, बच्चे को स्ट्रॉलर से उठा कर, स्ट्रॉलर वहीं छोड़ कर चली गयी।

''सारा शहर जानता रहा है और मुझे तुम दोनों अब तक बेवकूफ बनाते रहे कि ये बच्चा...बोलो जी..तुम बोलो!'' वह अपनी पत्नी के हिस्टीरिक सवाल वहीं छोड़, मुझे साथ घसीटते हुए, बाहर ले आया। ''अजित, वह ऐसी मानसिकता में कुछ कर बैठी तो? ऐसे में कैसे ड्राइव करेगी? तू जा साथ।''

''मैं?'' मैं महज तमाशबीन था अब तक तो कि अचानक दायित्व आ गिरा। मन ही मन उलझन हुई। मेरे सामने दो जिन्दगियाँ भीषण क्लेश में थीं, एक बच्चा और दूसरी भी तो... बच्ची ही। शिकारी कुत्ते से बचकर भागे, दो नन्हे खरगोश! बाहर आकर पहली बार उसे गौर से देखा, एक नाजुक-सी लड़की, अपनी छोटी-सी लाल कार में स्टियरिंग पर सर रखे फूट-फूट कर रो रही थी। बच्चा पीछे की सीट पर बेबी सेफ सीट में बँधा था, बेल्ट से और अन्दर की खींचतान से त्रस्त और माँ को रोते देख हिचकियों से रो रहा था।

अन्दर से मित्र की दहाड़ उभरी, ''हाँ मेरा है वह बच्चा! फिर भी तुम्हें, उसे घर बुलाकर चाँटा नहीं मारना चाहिए था।'' उसकी पत्नी की तीखी आवाज दलील पेश कर रही थी...''हाँ वो चाँटा, दरअसल मारना तो तुम्हें चाहिए था?''

''हाँ मार लो...नहीं तो मैं मार लेता हूँ खुद को...करो, करो तमाशा। मेरे बड़े होते बच्चों के आगे...''

मैं अचानक ही जैसे किसी ऐसी डूबती नाव में धकेल दिया गया था, जिसके चप्पू नदारद थे, मुझे कुछ जुगत लगानी थी। भीतर से आते शोर से लगा, बात और बढ़ेगी, अब मुझे हाथ से चप्पू चलाने होंगे। मैंने कार का दरवाजा खोला और कुछ कड़क आवाज में उसे कहा,

'जाओ पीछे जाओ, बच्चा सँभालो।' उसने मेरी बात चुपचाप मान ली, वह यंत्रवत उठी और पीछे चली गयी। उसकी आँखों में शून्य फैला था, वह आघात से सुन्न थी। इतनी सुन्न कि वह उस पल भीड़ में नंगे कर दिए जाने पर भी मूर्तिवत रहती...वह आत्मा से ही बेहोश हो गयी थी। मैंने बैक व्यू मिरर ठीक किया तो देखा बच्चा चुप है, वह टी-शर्ट उठा कर बच्चे की हिचकियाँ रोकने की कोशिश कर रही थी, किन्तु दोनों के कोमल मनों में हिचकियाँ गहरे पैठी थीं, कभी वह बच्चा हिचकी लेता तो कभी माँ-लड़की!

उस लड़की सी माँ की आँखों का काजल फैल गया था। घुँघराले बालों का जूड़ा खुल गया था, पीछे की सीट पर वह आलथी-पालथी मारे बैठी थी, आँखें बन्द कर सर टिका कर, बच्चा दूध पीते में आवाज कर रहा था, बीच में हिचकियाँ, दोनों की। आज से पहले नहीं जानता था कि यह लड़की हमारे बगल वाले कॉलेज में अँग्रेजी पढ़ाती होगी, अब इसे जानता हूँ, नाम भी जानता हूँ, मगर लड़की कहने दें। नाम जानकर क्या करेंगे, खा-म-खाँ? माना यह शहर बड़ा है, पर फिर भी लड़की छोटे शहर की है, भावुक और सहज विश्वास करने वाली, हमारे यूनिवर्सिटी में मित्र के रसूख के चलते इसका अपॉइंटमेंट परमानेंट हुआ है, छोटा सरकारी घर भी मिल गया है। हमारे मित्र के शहर की ही है यह, वे सी.ई.ओ. हैं, किसी न्यूज चैनल के? किस के? जाने दीजिए न! फ्रेज़ाइल मसला है। बात इस कदर गम्भीर होकर उलझ जाएगी किसने सोचा था?

देखिए! सुबह कुछ हल लेकर आयी हो। मैंने अखबार पलटा मसलन हल अखबार में ही छपा हो...किसी क्रॉसवर्ड में या सूडोकू में। बच्चा दूध पीते-पीते सो गया, बॉटल मुँह से छूट गयी, और दूध बह-बह कर सिरहाना गीला कर चुका था, सोफे पर दूध का गहरा धब्बा था। टॉवेल से पोंछा मगर दूध भीतर जज्ब हो चुका था। बच्चा नींद में मुस्काया, बच्चा साँवला था, मित्र की तरह ऊँचा ललाट। लम्बा चेहरा, गोल होंठ लेकिन क्यूट। मैं टॉवेल से दूध पोंछ ही रहा था कि वह बाहर आ गयी ...मैंने दूध के धब्बे पर जल्दी से कुशन रख दिया। उसने गौर नहीं किया। उसके हाथ में चाय के दो बड़े काले मग्स थे, जिन पर लव कोट्स लिखी थीं। गुलाबी दिल बने थे। धुला-धुला, गोरा-गोरा मुँह लिए मेरे सामने बैठ गयी। रात लगे चाँटे की तीन उँगलियाँ जो गाल पर छपी थीं धुँधला गयी थीं।

''आप परेशान हुए, उनके इस 'फैमिली सोप-ऑपेरा' में?'' वह मुस्काई, मैं मुस्कुरा न सका।

''मेरी एक फ्रेण्ड हँसती है, कि तू सीरियल्स जैसी लाइफ जी रही है। तेरी जिन्दगी पर सीरियल बनना चाहिए।'' उसके कहने के मार्मिक अन्दाज पर रोता तो क्यों? मैं सायास मुस्कुराया।

''आप घर जाइए अब, सब सेफ है। अब ऐसे ही चलेगा।'' उसने कहा, मैं चुप रहा।

''वह निर्णय मेरा ही था, इसे पालने का...''

''डोंट एक्सप्लेन प्लीज़'' अब मैं खीज गया, पता नहीं किस पर, एक नपुंसक गुस्सा उभरा, मित्र पर, इस लड़की पर, उसकी पत्नी पर... न जाने किस पर, शायद स्थितियों पर। मैं उठ कर घर आ गया! घर?

उसी रात उसने, वाया मेरे मित्र की 'वॉल' मुझे एक सोशल नेटवर्किंग वेबसाइट पर 'फ्रेण्ड्स रिक्वेस्ट' भेजी। मैंने स्वीकार कर ली, उसका 'प्रोफाइल पेज' मुझ पर खुल गया। मैं हैरान नहीं हुआ कि उसका नाम एक फूल पर रखा गया था। सुगंधित फूल! चलो 'केतकी' मान लो। उस दिन उसका स्टेटस कुछ यूँ था!

'प्रेम! ऐसा गिफ्ट है, जिसके हजारों रैपर्स खोलते जाओ, खोलते प्याज के छिलकों की तरह...भीतर कुछ नहीं! बस ''एप्रिल फूल!''

हम्म! बड़ी मार्के की बात कह गयी लड़की! मैंने 'लाइक' कर दिया। मुझे क्यों लगा कि अब वह सँभल रही है।

कुछ ही दिन बीते थे उस हादसे को हुए कि मित्र मेरे कॉलेज आ गये, वे भीतर नहीं आये, मुझे पार्किंग में बुलाया, मुझ पर आग्रह थोपा गया कि ''यह कुछ सामान है उसका...बच्चे की प्रॉम और कुछ कपड़े। तुम दे आना।''

''मैं?''

''और किसे भेजूँ? तुम्हारे लिए तो कैम्पस की ही बात है।'' ''यार चपरासी से भिजवा दो न सामान...''

''चपरासी....तुम जानते तो हो। मुझे उन दोनों को देखकर डिप्रेशन होता है।'' मैंने आनाकानी की।

''मेरी सोची है कभी? मेरा क्या हाल होता है उन दोनों को देख कर?'' मित्र आवाज में बहुत पीड़ा भर कर बोले। मैं मित्र को देख कर

समझ न सका कि यह अभिनय था कि वाकई...कुछ दिनों टालने के बाद मैं सामान उठा कर लड़की के घर देने गया। डोरबैल बजाने पर आया ने दरवाजा खोला। बच्चा कार्पेट पर खेल रहा था। बच्चा खुश लगा, वह घुटनों के बल चल कर आया और मेरी पेंट पकड़ कर खड़ा हो गया। एक किलकारी मारी! मैंने उसे गोद में उठा कर उछाल दिया। वह स्टडी से बाहर आ गयी," अरे आप! अच्छा हुआ आप आये...मैं सोच ही रही थी कि कैसे शुक्रिया..."

"शुक्रिया, तो इन्होंने खुद अभी-अभी कहा न..." मैंने बच्चे को फिर उछाल दिया। वह बहुत खुश हुआ। उसने मेरे कन्धे पर लाड़ से सिर रख दिया। मैं बहुत सख़्त, इकलखोर इंसान था, नितान्त जर्क़ (Jerk) और गर्क किस्म का आदमी। आर्टिस्टनुमा जूलोजिस्ट, लेखकनुमा. ..प्रोफेसर। न जाने कब से तय कर चुका था कि भावुकता एक बकवास चीज है। इस पल ने....स्साले कोमल कर दिया।

"फेसबुक पर बड़ी एक्टिव हो!"

"बस ऐसे ही और क्या करूँ खाली समय में...?"

"कोई हॉबी! फोटोग्राफी! फेसबुक तो लोगों में भयानक लत बनती जा रही है।"

"हाँ, सो तो है। इसे देखो, यह कितना खुश है।" उसने बात बदली। बच्चा मेरी गोद में सच में किलक रहा था। "इसे 'मेल प्रेज़ेंस' सिक्योर करती है। कोई फादरली प्रेज़ेंस। आप आते रहा करिए।" उसकी आवाज में ऐसी संक्रामक उदासी थी कि मेरे कान उदास हो गये। एक मैं भी तो हूँ... जिसे अपने बच्चे की अनुपस्थिति इनसिक्योर करती है, जिसकी कस्टडी मैं खो चुका हूँ। मेरे भीतरी मन का कोई नटखट पूछना चाहता था 'और तुम्हें?' फिर मेरे मन ने कहा 'फायदा!' फिर मन ही उत्तर में बोला 'साले इस फायदे का फायदा?'

मैं कॉलेज से लौट कर, किसी-किसी शाम पैदल घूमते हुए उसके घर जाता था, बच्चे से खेलता चुपचाप, जब बच्चा सोने लगता, मैं लौट आता। बहुत कभी-कभी हम कॉफी के बाद उसके सरकारी बरामदे में सिगरेट पीते थे, जहाँ उसके धर्मभीरु पड़ोसी उसके बारे में फुसफुसा कर अटपटी बातें किया करते थे, हम किताबें बाँटते। फिल्मस साथ देखते। इस लड़की ने हर मुलाकात में चकित किया। वह बहुत अजीब लोगों को पढ़ती थी, ज्यादातर उन लोगों को जो लिखते हुए युवा ही मर गए। प्रेम

करते हुए, युद्ध में लड़ते या बीमारी से...मजाज़, राजकमल चौधरी, एन फ्रेंक, काफ्का, सिल्विया प्लाथ, रेम्बाँ, एलेन पॉ... आदि को पढ़ते देख मैं चौंका था। वह अजीब संगीत सुनती थी जिनमें इंद्रियों की अतृप्त इच्छाएँ गूँजती थीं। दुख का चीत्कार। भव्य कराह! चकित ही नहीं, मैं चिन्तित होने लगा था, मुझे लगा यह लड़की आत्मघात की तरफ न बढ़ चले, मुझे बच्चे की चिन्ता थी। उस दिन उसके एक 'फेसबुक स्टेटस' ने बहुत चिंतित कर दिया। —इफ यू लव समवन ...सेट हर फ्री इफ शी कम्स बैक 'मेक हर ब्लीड' और इन पंक्तियों के साथ एक उदास स्माइली बना था। मैंने 'लाइक' नहीं किया। बहुतों ने किया। मित्र ने भी लाइक किया, मानो वह यूँ ही लिखा गया कोई जुमला था।

एक सर्दियों की दोपहर हम दोनों यूनिवर्सिटी के बगल में पुराने खँडहरों में, दो अगल-बगल बनी, टूटी दीवारों पर बैठे थे। हमारे बीच में धूप की नहर थी। वह कुछ स्पष्ट थी, कुछ अस्पष्ट, हम चुप थे। वह अपनी चुप्पी में डूब मेरी सुनाई कुछ अफ्रीकी लोक कथाओं के सन्दर्भ को बूझ रही थी! फिर वह अचानक ही अजब अन्दाज में बताने लगी।

"उनकी पत्नी की भी क्या गलती है? कोई भी ऐसे करता। शायद मैं भी! मुझे याद है, पहली बार जब मैं इनके ऑफिस गयी थी, अपनी सिफारिश के लिए। पीछे उनकी पत्नी फोटो में मुस्कुरा रही थीं, बुकशेल्फ में और कम्प्यूटर डेस्क पर। मुझे लगा, बहुत प्रेम करते होंगे पत्नी से। कहते भी रहे कि—हाँ मैं बहुत प्रेम करता हूँ। जानती हो, तुमने आकर मुझे इस जीवन में यह महसूस करवाया कि क्या नहीं था और कहाँ खाली था मैं! शुरू ही क्यों हुआ यह सब? दरअसल, मैंने थैंक्स कहने के लिए उन्हें कॉल किया। फिर एक-दो कॉल्स इनकी आयीं। धीरे से वो हैलो और गुडबाय कॉल्स, लम्बी कॉल्स में बदल गयीं। स्माइलीज वाले टेक्स्ट मैसेज जो थे वो आई अडोर यू, मिस यू में बदल गये, फिर ये मैसेज आई लव यू आई वांट यू में...मैं हर स्तर पर ना कहना चाहती थी। एक दिन मुझे इन्होंने डिनर पर बुलाया, मुझे तनाव हो गया था जब मैंने इन्हें रेस्तराँ में घुसते देखा। एक मध्यवयस, लम्बा-चौड़ा पुरुष, मेरे मन में जिसके सफल दाम्पत्य की छवि थी। मैं चुपचाप खाना खाकर अपने पी.जी. होम लौट जाना चाहती थी। मैं रेड वाइन को दोष नहीं दूँगी। उसकी तमाम एरोगेंस के बावजूद एक चार्म था उसमें!" फिर वह चुप हो गयी। कमीज

की बाँह से आँख, नाक दोनों पोंछे।

"डू आई फील गिल्टी? यस! डू आई फील लाइक होम रैकर? हाँ! मैं क्या बन गयी? घर तोड़ू!"

वह एकदम हताश हो गयी। मुझे उसकी यह कहानी इस शहर में रह रही, कॉर्पोरेट की दुनिया में, मीडिया में काम कर रही हर पच्चीसवीं लड़की की कहानी लगी। माइनस बच्चा! बच्चा पैदा कर लेना तो हद ही है! या शायद कुछ अलग! कुछ हिम्मती! या नितान्त मूर्खतापूर्ण। मैं तय न कर सका।

न जाने क्यों, उस शाम वह सब कुछ बता देने के मूड में थी, बाद में बरामदे में सिगरेट पीते हुए उसने बताया—"मैंने सिगरेट पीना तब शुरू किया जब लोग छोड़ देते हैं।"

"कब?"

"प्रेगनेंट होने पर!"

"पागल हो?"

"हाँ, पहले मुझे लगा था कि प्रेगनेंसी उसे मेरे करीब ले आएगी, मगर वह तो एकदम छिटक गया था।"

"तुम्हें बच्चे का ख़याल नहीं आया?"

"हाँ, एकदम सच कहूँ तो वह जब तक भीतर रहा, मुझे उससे कोई लगाव न हुआ, जैसे ही बाहर आया मुझे उससे अटूट लगाव हो गया हो, ऐसा भी नहीं था। ऑपरेशन के बाद मेरे भीतर से एक काला, गदबदा बच्चा बिना रोए इस संसार में आया था, चप-चप करता हुआ, स्पर्श और दूध का भूखा! होश आने पर नर्स जब उसे मेरे पास लाई, मैं उदासीन ही रही तब तक, जब तक कि उसने अपना मुलायम साँवला चेहरा मेरे पेट से सटा दिया था, ऊपर उठाते ही, उसने आगे बढ़ा कर अपने नन्हे भूरे होठ, मेरे ब्रेस्ट्स पर लगा दिये...मुझे आश्चर्य हुआ यह इसने कब और कहाँ सीखा? मैं उठने लगी तो डर कर उसने मेरी हथेली पकड़ ली...मैं चकित थी! यह कैसे जानता है मुझे? बस उस वक्त, मैं इस नन्हे लड़के के प्रेम में पड़ गयी...मुझे लगा कि अब मुझे उस व्यक्ति की जरूरत नहीं रहेगी। यह मैंने बाद में जाना कि इसके चलते मुझे उस व्यक्ति की और ज्यादा जरूरत पड़ने लगी है। यह खुश होता है उसके आने से...जब भी वह आता है, यह उसकी गोद के लिए जिद करता है। वह गोद में लेता है तो उसके कन्धे से लगते ही बहुत गहरी सुरक्षित नींद सो जाता है। मैं

बहुत-बहुत अटपटा महसूस करती हूँ। गुस्सा आता है। मन करता है, इन दोनों को आपस में दूर ही रखूँ पर...

"फिर अब भी सिगरेट..."

"नहीं! अब कभी-कभी बहुत परेशान होने पर। या खुश होने पर, आपके आने पर..." वह मुस्कुरायी, और एक गाल में गढ़ा पड़ गया। हम बात ही कर रहे थे कि वह अचानक बैठे-बैठे मर-सी गयी, जड़ हो गयी। संशय और निर्णय के बीच!

"आप जाइए...आपको जाना चाहिए।"

मित्र की गाड़ी का हॉर्न बजा था, मित्र की आहट के नीचे से पुल बनाकर मुझे ही आखिर किचन के दरवाजे से जाना पड़ा। मैंने फुसफुसा कर समझाया, "मुझे लगा था कि अब तुम उसे भूल रही हो।"

"अरे! वह पिता है मेरे बच्चे का।" उसके चेहरे पर अजनबियत थी मेरे प्रति।

अगले दिन फोन पर मैंने उससे पूछा– "आर यू अफ्रेड ऑफ बैटर लाइफ? कभी सोचा कि तुम्हें क्या चाहिए अपनी जिन्दगी से?" मेरा संकेत लिए बिना ही वह प्रलाप करती रही– "...मुझे नहीं मालूम इस जिन्दगी से क्या चाहिए...एण्ड हाउ द फ' जस्ट गॉट सो फार! तुम कहते हो वक्त बदलता है, लेकिन यह तो वैसे ही रुका हुआ है। मैं भी वैसे ही हूँ, थकी हुई, ठण्डे पैर लिए, अकेली और नपुंसक गुस्से से भरी। तुम्हारे दोस्त मि. वालिया जिनसे मैं प्रेम करती हूँ, आते हैं, चले जाते हैं, मैं वहीं की वहीं। स्क्रीन के आगे अकेली! कब बदलेगी अजित यह जिन्दगी?"

"ऐसे तो नहीं बदलेगी, यू हैव टेकन ए सीरीज़ ऑफ रांग डीसीजंस 'मिस ऑलवेज़ रांग'! कितनी अजीब बात है कि केवल तुम्हारी माँ जानती हैं कि तुम्हारा सच क्या है? और पिता और परिवार और बाकी आस-पास के लोग और कॉलेज में सोचते हैं कि तुम ऐसे रिश्ते में हो जहाँ लड़का विदेश में रहता है...जबकि सच तो यह है कि अब वो सब भी जानने लग गये हैं कि... कि तुम लम्बे समय से झूठ बोल रही हो, तुम्हें अपने भाई के विवाह में बुलाया तक नहीं गया। और तुम इस आदमी की मिस्ट्रेस..." वह फोन पर ही सकते में आ गयी थी शायद। मैंने 'सॉरी' कहकर फोन रख दिया। मेरे दिमाग में उसकी दुबली, काँपती देह छप गयी, रात भर छपी रही और मैं ग्लानि के मारे सो न सका।

एक इतवार की सुबह वही मिल गयी चर्च के बाहर—"तुम कब से?..."

"मेरा धर्म सर्वधर्म!" वह अपनी हैट के नीचे शैतानी से मुस्कुरायी। उसकी गोद से बच्चे ने बाँहें बढ़ाईं और मेरी गोद में आ गया, वह कुछ कहती उससे पहले वो साँवला सलोना बच्चा मेरा चेहरा देखते हुए बेबी टॉक करने लगा? "गा गा गू गू...तियोडिकम..." कुछ शिकायती लहजा। उसके गोल मुख पर हमेशा दो प्रश्नवाचक चिह्न बनी विस्फारित काली आँखें चमक रही थीं। उसके भूरे होंठों के भीतर के गुलाबी विस्तार में उगने को आतुर सफेद अधूरी दंतपक्ति मुझे भा गयी, दूधिया लार की एक बूँद मेरी कमीज पर गिरी, मैंने फिर उन जनाब को अपने दोनों हाथों थाम कर सामने किया और उसकी आँखों में आँखे डाल कर उत्तर दिया—"ओह सॉरी! मैं बिज़ी था मेरे प्यारे! तुम जानते तो हो न! वी मैन होल्ड्स वर्ल्ड ऑन अवर शोल्डर।" और उसे उछाल दिया और फिर थाम लिया। जो कि उसका प्रिय खेल था मेरे साथ का।"

"एण्ड वी विमेन सिट आइडल ...नो!" वह मेरे पास खड़े होकर एक बहुत फैमिलीनुमा इमेज को पूरा करने लगी, मैं सोच में पड़ गया था, एक हलका भय...जिम्मेदारी से भागता अंतस, भीतर कहीं चेतावनी के लाल फ्लैग्स लगाने लगा। हमने साथ बीयर पी, उस दोपहर उसने हमारे बीच के सबसे पहले ही चुम्बन से मेरा भीतर-बाहर कुछ-कुछ बदल दिया, वह चुम्बन इतना गीला और लसलसा था कि मैं जान गया था कि उसकी देह नहीं मन भूखा है और अकेला। मैं आगे नहीं बढ़ा...खाई में एक और खाई न खोद सका। भले ही उसने मेरे इतिहास में दिलचस्पी नहीं रखी मगर मेरा भी एक इतिहास था न! हम दोनों के बीच एक बहुत पतली सी जगह थी, जिसमें न सच गुजरता न झूठ...बस गुजरती थीं तो बच्चे की किलकारियाँ। उस दिन बस उससे यह पूछा—क्या तुम 'ब्राण्ड न्यू स्टार्ट' में विश्वास करती हो? वह असमंजस में मुझे देखती रही, कुछ बोली नहीं। मैं भी सवाल पूछ कर अनिश्चितता में घिर गया। अपने बहुत प्यारे एकान्त का मोह सालता रहा। "किसी भले हम उम्र व्यक्ति से शादी कर लो। इतना नेट पर बैठती हो, सैकेण्ड मेरिज डॉट कॉम..."

"सैकेण्ड मैरिज अजित! पहली कौन सी थी?" मैं झेंप गया। लौट आया।

मैं एक दिन मित्र के ऑफिस गया था, मेरी रिकॉर्डिंग थी, माइग्रेटरी बर्ड्स (आप्रवासी पक्षियों) के बदलते व्यवहार पर एक बातचीत की। रिकॉर्डिंग के बाद मैं उसके कमरे में, कॉफी पी रहा था, मैं अपनी तरफ से जिक्र नहीं चलाता मगर वह चला बैठा "एक गलत निर्णय, कैसे बाकी ज़िन्दगी और आपके अपनों को प्रभावित कर जाता है, यार वाइफ बहुत डिप्रेशन में है।"

"तो छोड़ दो उसे? मुक्त करो स्वयं को भी और उसे भी और अपनी पत्नी को इस तनाव से।"

पहले वह सौजन्यता बरतता रहा—"वह लड़की नहीं रह पाएगी मेरे बिना, हम सच में प्रेम करते हैं। फिर अब तो बच्चा भी है न!"

"क्या तुम खर्चा देते हो बच्चे का?"

"नहीं वह अच्छा कमाती है, लेती नहीं है, फिर भी, उसका है कौन? भले ही दो महीने में एक बार जा पाता हूँ। जाता तो हूँ।"

"तो इन्हें तलाक लेकर उससे शादी कर लो..."

"नहीं कर सकूँगा, बच्चे कॉलेज में आ गये हैं। फिर ये भी तलाक नहीं देंगी।"

"तो उसका गुनाह?"

"वह जानती थी कि मेरे जैसे महान व्यक्ति से प्रेम...में पीड़ा तयशुदा थी," मैं मित्र की आत्मश्लाघा से हैरत में आ गया। उसकी मुस्कान में पानी का चमकीला साँप लसलसा रहा था।

"प्रेम तक तो ठीक है, वालिया। बच्चे के पहले नहीं सोचा था?"

"उसने ना? यही मैं कहता हूँ कि—पहले सोचना था, कुछ करना था, जैसे बड़े शहर की लड़कियाँ करती हैं।"

"फिर बच्चे का गुनाह क्या था?"

"हमने तो खूब मना किया था कि भई, भविष्य शून्य है। हमारा योगदान कुछ भी सम्भव न होगा। सिवाय कभी आते-जाते रहें, कभी बुलाते रहें।"

मैं संशय और निर्णय के बीच की अंकगणित भूल गया। गहरी साँस ली तो मित्र बोले—"तुम्हारा मन तो नहीं आ गया उस पर! वैसे सीढ़ियाँ बनाना खूब जानती हैं आजकल की लड़कियाँ।"

"हाँ, और भूल जाती हैं कि साँप-सीढ़ी के खेल में साँप ही ज्यादा भारी पड़ते हैं...,"

"ये लो तुम भी शिकार हुए उसकी शातिर मुस्कान के, गिर गये उस कातिलाना गाल के गड्ढे में?" मेरे मन में उसकी निष्पाप मुस्कान उभर आयी जिस पर एक अजगर छाया डाल रहा था। मेरा चेहरा सीमेंट हो गया।

"तुम बहुत घटिया हो वालिया! हम दोस्त कैसे बन गये?"

"अरे! मजाक कर रहा था, वही तो बता रही थी कि कैसे बड़े भाई की तरह तुमने उसे मेरा दोस्त होने के नाते उसे सहेजा। बच्चा तुमसे हिल गया है, कन्धे से लगा रहता है, कैसे तुम अंग्रेजी साहित्य की किताबें शेयर करते हो, मेरा तो साहित्य से दामन छूट गया, जबसे न्यूज चैनल्स के इस कॉर्पोरेट सेक्टर में आया। बड़ा स्ट्रेस है भाई! दिमाग खराब रहता है। तुम अच्छे हो वहीं, यूनिवर्सिटी में। शान्ति, क्रिएटिविटी, स्टूडेंट्स....!"

"बड़ा भाई!" मुझे इस शब्द पर खीज होती रही। मैं बहुत दिन उस दिशा में नहीं गया, खाँ-म-खाँ में इस गुनाह-ए-बेलज़्ज़त का हिस्सा होना। बच्चा मुझे बहुत याद आता रहा। एक बार शायद बच्चे ने मोबाइल फोन से खेलते हुए मेरा नम्बर रिडायल कर दिया, मैं हलो-हलो करता रहा, "हलो अजित हियर..." बहुत देर बाद एक आवाज आयी "अई...त... अंत...लोई...ईइइ, तियोडिकम!" फिर एक मीठी चिहुँक गूँजी। मेरा दिन बन गया। उसके बाद मेरे अवचेतन ने बहुत बार प्रतीक्षा की बच्चे की ऐसी फोन कॉल की, मैं फुसफुसाया फोन में...कॉल मी! बेटू! मगर फोन नहीं आया। इतवार गुजरते रहे, वह भी फिर कभी चर्च के बाहर नहीं आयी। शायद मित्र ने उसे बाध्य किया हो...मुझसे सम्पर्क न रखने को। फेसबुक पर जाकर खामोश टहलता रहा। वहाँ भी सन्नाटा था। आखिर एक दिन उसने फेसबुक पर लिखा–

एक लड़की थी
जो पहने थी फटा लाल कुर्ता
उसके सीधे कन्धे पर थीं लाल खरोंचें ज़िगज़ैग
वह खेलने की, रखने की चीज थी
उसने पहनी थी
पुरानी लोहे की जंग खाई चेस्टिटी बेल्ट
एक लड़की थी
जिसने छः शब्द लिखे और
पुरानी जिन्दगी को दफा किया नयी के लिए,

अब वह पहनेगी! रेड कार्पेट पर लहराता,
रेशमी सफेद वेल!
अब करेगी, एक 'ब्राण्ड न्यू' शुरुआत!''

मैं दम साधे हुए अमंगल की छाया के ऐन नीचे, अफ्रीकन जंगली लोककथाओं का अनुवाद और व्याख्याएँ करता रहा। कि एक कहानी मन में अटक गयी, जहाँ एक कोटर में एक घोंसला था, घोंसले में बच्चे थे और थी, 'मादा हॉर्नबिल' और नीचे से हाउण्ड कुत्ते भौंकते रहे थे। यह कहानी अधूरी पड़ी रही। वैसे तो प्रत्यक्षतः इस दुनिया में सब ठीक ही चल रहा था।

कॉलेज ही में पता चला कि उनकी पत्नी ने उनके पति से विवाहेतर सम्बन्ध रखने की शिकायत उस लड़की के कॉलेज के डीन से कर दी है। प्रति उत्तर में इस लड़की ने उन पर उनकी मिस्ट्रेस होने और बच्चे की माँ होने के नाते कुछ अधिकारों की माँग रख दी! मित्र-पत्नी ने न केवल सोशल नेटवर्किंग साइट्स पर, मीडिया में और बाहर भी अपने पालतू हाउण्ड्स छोड़ दिए, मित्र स्वयं सौम्यता, प्रतिष्ठा, प्रायश्चित के तीन मुखौटे पहने और सात दरवाजों में पीछे जा बैठे—''भई गलती किससे नहीं होती, अच्छी लड़की थी, हमारी मित्र थी। बच्चा? अच्छा वह बच्चा, भई, हमें तो बताया था उन्होंने कि अपने अकेलेपन के कारण कि उसे गोद लिया गया था।''

खैर यूनिवर्सिटी में कैंटीन, कैफे और नुक्कड़ों पर उनके चर्चे आम हुए। सड़कें जिन पर वह अपनी आकर्षक चाल के चलते गुलमोहरों, पलाशों को जलाती थी, अब वह उन पर चलते थरथराती, उन्हीं रास्तों पर चल कर क्लासेज लेनी होती थी, जिन पर लड़के और साथी टीचर्स जुमले छोड़ते और लड़कियाँ मुँह फेर कर मुस्कुरातीं। पहले वह छात्रों में लोकप्रिय थी, बाद में छात्रों का रवैया भी तल्ख और उद्दण्डता भरा हो गया, वह हताशा में, 'टेल ऑफ टू सिटीज़' पढ़ाते-पढ़ाते गुस्से में क्लास अधूरी छोड़ देती... बाद में उसके नाम से वॉर्निंग लैटर इश्यू होने लगे। पहले वह सहती रही मगर फिर उसे कहा गया कि वे 'केस' के खत्म होने तक लम्बी छुट्टी लें लें, छात्रों का नुकसान हो रहा है! मैं दूर से देखता रहा। कभी अपनी चुप्पी या भीतर की तल्खी से घबराकर टैरेस पर आ जाती, मैं सुबह की सैर पर कैम्पस में उधर का रास्ता कम ही लेता था,

बस तब जब मॉर्निंग ग्लोरी के फूलों के चँदोवे वाला घर मुझे बुलाता। मुझे बच्चे की चिन्ता होती, 'जिसे वह लाड़ में आकर कहती मेरा साँवला लड्डू गोपाल!' एक दिन शाम मैं उधर से गुजरा तो दूर से देखा, आया बच्चे को लिये खड़ी थी, बच्चा कुनमुना रहा था, खीज रहा था, दुबला हो गया था। मैं चेहरा घुमा कर गुजर गया...बच्चे ने पुकारने के अन्दाज में कुछ कहा अंतो...ल्ल्ला...ईत। (अंकल अजित!) मेरा मन वहीं सड़क पर बैठ कर फूट-फूट कर रोने को हुआ लेकिन मैं डरपोक अफ्रीकन 'कुडू हिरण' की तरह बड़े-बड़े डग भरता हुआ बहुत दूर आ गया...किसी भी आवाज की पहुँच से दूर।

मैं उन दिनों अपनी अफ्रीकन लोक-वन्य कथाओं की आखिरी कहानी टोकस (यलो बिल्ड होर्न बिल) और उस पर वैज्ञानिक पहलुओं की पड़ताल के साथ पूरी करने में जुटा था...मैं आखिरी ड्राफ्ट का आखिरी पैरा टाइप कर रहा था, "बोस्तवाना के जंगलों में मिलने वाला यह पक्षी, अपनी मादा को माँ बनने के दौरान सुरक्षा के लिए कोटर में बन्द कर देता है, बाहर से कोटर को गीली मिट्टी और लार से सील कर देता है, बस चोंच निकलने लायक जगह छोड़ता है, अन्दर टोकस मादा माँ अपने सारे पंख गिरा कर बच्चों के लिए गुदगुदा बिस्तर बना देती है, और वह स्वयं बिना पंख की देह के साथ अण्डे सेती है, नर उसे बाहर से खाना सप्लाई करता रहता है, तब तक कि जब तक कि बच्चे अण्डे से निकल कर उड़ने लायक नहीं हो जाते और मादा के पंख वापस नहीं आ जाते। आप जानते हैं इस व्यवस्था में सबसे ज्यादा जान की कीमत किस की है? माँ की...बिना पंख? ना! अण्डे बच्चों की! नहीं!...उस नर की! क्योंकि अगर वह नर टोकस बाहर किसी शिकारी चिड़िया, साँप, बिल्लियों का शिकार हुआ तो मादा और बच्चे तो स्वयं ही कोटर के भीतर-भीतर भूखे और बिना पंख के...मर जाएँगे ना!" तभी आधी रात मेरे फोन पर उसका 'स्टेटस अपडेट' अलर्ट चमका।

"कोई सुन रहा है? मैंने खुद अपना हाउस अरेस्ट कर लिया है, मि. राइट योर मिस आलवेज रांग ...गलत लिखने वाली, गलत रोने वाली, गलत तरफ से तलवार चलाने वाली, जो खैरख्वाहों का कत्ल करे, और दुश्मनों को चूमे, सुनो आज यह मिस ऑलवेज रांग एक नयी लड़ाई में मुब्तिला है, खुद से लड़ाई! मैं अपने माता-पिता को सच बताना चाहती हूँ, मैं आदतन फिर से स्क्रीन पर हूँ, बहुत से लोग मेरे आखिरी शब्द

पढ़ेंगे, जो फिर अफवाह बनेंगे क्योंकि वे नहीं समझेंगे कि ये किसके लिए थे। कोई नहीं समझेगा।'' कैसे बेतरतीब शब्द थे, लड़खड़ाते .. .टूटते, जिन्दगी से दूर भागते पलायनवादी शब्द! मैं कहानी खत्म करते ही भागा, मैं जान गया कि मुझे लौटना था...उसकी कोटर की ओर! मैं नर टोकस की-सी मुस्तैदी के साथ लगभग उड़ान भरता हुआ उसके घर पहुँचा आधी रात! मुख्य दरवाजे पर बाहर से ताला लगा था, मैंने घंटी बजाई, भीतर थी, वह! उसने रसोई वाला दरवाजा खोला। उसे देख मुझे याद आयी मादा टोकस बिना पंख, काँपती—उसकी गोद में बच्चा रो रहा था, बुखार में था! उसकी काली भँवरों सी आँखें सूज कर बन्द हो गयी थीं।

मैं कई दिन लगातार छुपकर जाता रहा। रात होते ही उसे जरूरत की चीजें, दवाएँ और कानूनी सलाह पहुँचाता... बच्चा ठीक हो गया, केस के मामले में भी लगभग दोनों ओर से समझौता हो गया, तो एक दिन मैं किचन की खिड़की से फुसफुसाया—सुनो, क्या तुम्हें सच्चे प्रेम से एलर्जी है? उसने सूखे होंठों से मुस्कुरा कर चाबी बाहर फेंक दी, मैं मुख्य दरवाजे से भीतर गया, उसके बाल लम्बे हो गये थे, और मुझे वह बच्ची नहीं लगी। वह लगी एक भरी-पूरी औरत! मजबूत और दृढ़! बच्चा भी थोड़ा बड़ा हो गया था। बोला हुआ दोहराता था। कुछ कदम चलता था और बैठ जाता था! खाना खाकर जब हम बरामदे में सिगरेट पीने बैठे तो मैं बोला—

''तुम्हारे पंख लौट आये, श्रीमती यलो बिल्ड हॉर्न बिल?'' वह मुस्कुरायी।''

''किसी ट्रांस में हो क्या?''

''किताब लिख रहा था, बच्चों के लिए अफ्रीका के जंगलों की मिथक और सत्य वन्य जीवों की कथाएँ।''

''वाह! जब यह कुछ और बडा हो जाएगा, इसे सुनाऊँगी। अरे! तुम्हारी कहानी की बात से याद आया...परसों रात, अजब वाकया हुआ।''

''क्या?''

''तुम जानते हो न, इन बुरे और 'कफसीले' (कफस के सीले दिनों के लिए मेरा शब्द) दिनों के लिए मैं बच्चे के लिए खूबसूरत कॉमिक चित्रों वाली किताब लायी थी, उसमें प्यारे-से इलेस्ट्रेशन्स वाली कहानियाँ थीं, उसमें एक कहानी थी मि. वॉलरस। मैं इसे चित्र दिखाते हुए सुनाती थी

हर रात...एक कहानी!''

''हाँ तो!''

''वह रोज एक खास कहानी पर जा अटकता था, बार-बार पन्ना पलट कर देखता। उस कहानी में एक 'वॉलरस' महाशय होते हैं। जो समुद्र किनारे घूमते-घामते घोंघों की कॉलोनी में पहुँच जाते हैं। घोंघे इतनी संख्या में होते हैं और आपस में लसलसे पदार्थ से जुड़े होते हैं कि उन्हें यूँ खाना मुश्किल होता है। मि. वॉलरस घोंघों को ये जताते हैं कि वे बहुत महान व्यक्ति हैं, उनके हाथ में बहुत से अवसर हैं। वे बहुत से समुद्री जीवों का भला कर चुके हैं। युवा घोंघे बहुत प्रभावित होते हैं, तो वे कहते हैं मेरे साथ समुद्र तट पर घूमने चलो, देखो दुनिया कितनी बड़ी है। बड़ी उम्र के घोंघे तो नहीं जाते, युवा घोंघे चल देते हैं...आगे जाकर वे एक चट्टान पर बैठ कर उन्हें ज्ञान देने की मुद्रा में बैठते हैं और एक-एक पंक्ति घोंघों की खाते जाते हैं। इस कहानी में खूब रिदम और राईम थी, चित्र बहुत आकर्षक थे सो यह कहानी तो क्या सुनता था मगर चित्र देख कर ''गो-गो...मि. वॉलरस'' कहता था तुतला-तुतला कर।''

''फिर?''

''परसों देर रात वालिया भी आया था...इसी किचन के दरवाजे से, अपना मौखिक माफीनामा लिए, मैं किचन में ही उससे बात कर रही थी, तभी यह अपना वॉकर चलाते हुए मेरे पीछे आ गया और उसे देखते ही चीखा..."गो गो मि. वॉलरस! गो मि. वॉलरस!"

''अरे! अजीब बात है यह तो, कहाँ है वह किताब...?''

''भीतर, वहाँ उसके सरहाने...''

हम अन्दर आ गये। वह कॉमिक चित्र देखते ही मैं मुस्कुरा दिया...हलके आगे को दाँत और उन पर मूँछों के छत्ते वाला वह स्थूल जीव...कोट-पैंट पहने हुए, लिजलिजे, मूर्ख घोंघों की पंक्ति के आगे विनम्र हाथ बाँधे खड़ा था...''हम्म! मि. वॉलरस! हा-हा-हा मि. वॉलरस!'' मैंने उसे छेड़ कर नींद सें ही जगा लिया और उसे उछाल दिया... फिर थाम लिया। वह भी खिलखिलाया...अंतल...अदित...अंतलओई...!!!

रक्स की घाटी और शब-ए-फ़ितना

वे तीनों रात भर हलके हरे पत्तों के बीच अपने सफेद चेहरे और गुलाबी से बैंगनी पड़े होंठ छिपाए रहीं, बैंगनों और शलगमों के इस खेत में वे तीनों अविचल खेत का ही हिस्सा लग रही थीं, उनके गहरे सलेटी लबादे उनके जिस्म पर मटमैली, बारूदी चाँदनी की तरह लिपटे थे, सबसे छोटी ग़ज़ाला के चेहरे पर बँधा स्कार्फ खुल कर उड़ा जा रहा था, उसे अपने दिल की धड़कनें तक अजाब महसूस हो रही थीं, मानो कि सीने में फूटते कोई छोटे-छोटे विस्फोट, अनवरत!

खेत की पानी भरी नालियाँ तक सहम गयी थीं। बहना बन्द कर चुकी थीं या कि सहम कर चुपचाप बह रही थीं। मौसम तक के लिए चौकन्नेपन का यह अभ्यास नया था, चचा और चचाज़ाद भाई और पिता के नये रवैये...और राजनैतिक समीकरण...मौसमी थे कि स्थायी? इनमें से कोई समझ नहीं पा रहा था।

"खुदा जाने। अब्बू को क्या हुआ। नक़ाब के हिमायती...वो कब से हुए?" गीले लबादे को निचोड़ते हुए एक गुलाबी से बैंगनी पड़ा होंठ खुला।

"कभी तो चुप रहा करो, मुश्किल वक्त है, गुज़ार जाओ।"

दो सहमे गदराये बैंगनी होंठ हरी लताओं में हिलते हुये फुसफुसाये। आकाश में पीले सितारों के कुछ झुण्ड अजीब तरीके के आकार में बन बिगड़ रहे थे।

"देख हिरण..." कमसिन ग़ज़ाला ने बहनों को बहलाने की नाकामयाब-सी कोशिश की। "और अब देखो जरा?" लुबना ने गहरी आँखों से आकाश में देखा।

"बिच्छू...!" ग़ज़ाला सिहर गयी।

"जाने दे, इन सितारों का क्या है ये तो खेल-खेल में खंजर बन जाते हैं कभी सलीब...डर मत, घर चल, सुबह होने को है देख, वो भोर का तारा, इसे ही अंजुम कहते हैं।" गुलवाशा ने कहा।

"चलें?"

"चले गये होंगे वो लोग?"

"डर मत...सब ठीक कर लिया होगा अब्बू ने।"

एक भारी और उदास मर्दाना आवाज और कुछ पतली खिली कमसिन आवाजों का कोरस बादलों से खाली रात में पहाड़ से टकराकर एक तिलिस्म बुन रहा था। नीचे घास पर सफेद नन्हे फूल और आकाश में तारे खिल रहे थे।

"ऐसे मुश्किल वक़्त में महफिल? किसकी शामत आयी है?

"लुबना, तू हमेशा गलत ही सोचेगी, लगता यह कोई मजहबी मजलिस है।" गुलावाशा ने आश्वस्त किया और मन ही मन महफिल की सलामती की दुआ की।

उस हरे जामुनी खेत के साथ बकरियों का एक बाड़ा था, जिसके तीन तरफ कच्चे मकानों की दीवारें और सामने की ओर आड़ी-तिरछी लकड़ियों और काँटेदार झाड़ियों का ऊँचा-नीचा जंगल था। जंगल के रास्ते से बाहर आकर वे शहर के सबसे अँधियारे कोने पर खड़ी थीं। गली दर गली वे दोनों 'संगीत गली' के मुहाने पर पहुँचीं, वहाँ सन्नाटा ओढ़े, संजीदा खड़ी उनकी सँकरे गलियारों वाली हवेली थी, हवेली की नीचे की मंज़िल पर कोई नहीं था, महज कुछ नौकर और बूढ़ी मामा देर रात के उन अनचाहे मेहमानों की रसोई निपटा करके ज़रा सोये ही थे। दूसरी मंज़िल पर भी अब्बू के कमरे में चाय की तकरीबन दस-बारह प्यालियाँ रखी थीं।

तीसरी मंज़िल पर मरहूम दादी अम्माँ के कमरे में अब्बू-अम्मी नमाज से उठकर बैठे ही थे, जब वे तीनों वहाँ पहुँचीं तो, अब्बू बड़बड़ा रहे थे।

"बीबी, ज़िन्दगी का हर उजाला छिनता जा रहा है, मगर मुझे फिर भी अँधेरे से प्यार नहीं हो पाता, न जाने क्यूँ?"

"अँधेरे से किसे प्यार हो सकता है जी, ऐसी अजीब बातें क्यों?"

"हो जाता है, देखो न ज्यादातर चले गये, रक़्स की ये घाटी छोड़कर अपने गीत और फन छोड़कर। हमारे खुद अपने सगे ये हवेली छोड़ गये। जो बचे उन्होंने अपने इस पेशे को खुद ही छोड़ दिया। ये बर्बादी इतनी आहिस्ता से होती है कि हमें इसकी आदत पड़ जाती है। इस घाटी की असल रूह तो यहीं भटकती है, शलगम के खेतों में।...अहा...देखा, ये देखो आ गयीं मेरी रूह की तीन परियाँ..." अब्बू नें तीनों को अपने चौड़े सीने में भर लिया, तीन फाख़्ताओं की तरह। अब्बू के बदलते सुर को तीनों पहचान गयीं, और उस बेसाख़्ता प्यार पर उदासीन रहीं। अपने लबादे उतार कर खूँटियों पर टाँगने लगीं, लुबना ने अपनी साटिन की सफेद सलवार पर से घास के हरेपन को झाड़ते हुए पूछा–

"वो लोग चले गये अब्बू?"

"..."

"अब के बार क्या फ़रमान छोड़ा?"

"वही कि...बता तो चुके हैं। बार-बार क्या बताना, इस बार तो वो बस भूखे थे, ढंग का खाना खाना चाहते थे।"

"फिर भी, कुछ तो कहा ही होगा।"

"हाँ कहा तो है, कि वे इस शर्त पर हमारी हवेली नहीं जला रहे कि हमारा परिवार और हमारे लोग जो कभी बेहूदा फिल्मी गाना-बजाना नहीं करते, न हमारी लड़कियाँ नये चलन के कपड़े पहनकर नाचती हैं, मगर जो हमारी हवेली और गली का पारम्परिक नाचना-गाना और बजाना है, अब वह भी बन्द कर दें। ग़ज़ाला का स्कूल भी बन्द हो रहा है, टीचरों को भगा दिया जाएगा।" हरे शाक की टोकरी सँभालती अम्मी बोलीं।

"स्कूल भी? टीचर भी!!!"

तभी बूढ़ी मामा फ़िरदौस का पोता सुहैल भीतर आया हाँफता हुआ...और वह जो बोल रहा था, उसका मतलब जो भी हो, सबके कानों तक बस यही पहुँचा।

टूटे रबाब, सारंगियाँ, ज़मीन पर लिथड़ते साफ़े...झुके मर्दाना सिर

हेयरपिंस, जूड़ापिन और टूटे बाल...टूटे गजरे....नुचे और नीले पड़े जनाना जिस्म। अभी जहाँ शादी का जश्न था, संगीत गली की नर्तकियाँ समूह में अपने गोरे रंग और दहकते अनार गालों के साथ, दो लम्बी चोटियाँ आगे डाले, सुर्ख लबादे और स्कार्फ में सर बाँधे, चाँदी के झाले लटकाये नाच रही थीं...कि अभी जैसे किसी नरभक्षियों के समूह ने तबाही मचा दी हो।

"ओह! जिसका डर था, वही हुआ लुबना।"

"हाँ...मुझे डर नहीं इस होनी का यकीन था।"

"क्या नयी बात? जब फ़रमान है तो क्यों चोरी से नाचना-गाना? शहला की चौक में औंधी पड़ी लाश सब भूल क्यों गयीं? और उस घर के मर्द? मुझे तो नाच-गाना शुरू से ही पसन्द नहीं।" माँ के साथ जहेज़ में आयी, मामा फ़िरदौस अब्बू के लिहाज में दुप्पट्टे की आड़ करके बोली—

"फ़िरदौस नन्ना, न आपको न आपकी प्यारी 'बिटिया' हमारी मम्मी को नाच-गाना आता भी तो नहीं..." ग़ज़ाला चहकी।

"आने को इसमें कौन-सा...ख़ास...है? यह भी कोई कशीदाकारी कि नक्काशी का काम है?" मामा फिरदोस बुरी तरह कुढ़ गयी।

"सही कहती है फिर्दोस, यह नाच-गाना जब जान की अज़ाब बन गया है तो बन्द क्यों न हो ही जाए पूरी तरह...यूँ भी हमारा तो हमारे मज़हबी कानून में यकीन रहा है।" मैदान के इलाके से ब्याह कर लायी गयीं, 'अम्मी' ने भी उन्हीं लोगों की तरह फ़रमान सुना दिया।

"बीबी, तुमने साबित कर दिया न....कि ये बर्बादी इतनी आहिस्ता से होती है कि हमें इसकी आदत पड़ जाती है। तुम जब हमारे साथ आयी थीं तो हैरान थीं कि हम वादी के लोग बाकी जमीन के लोगों से ज़्यादा खुले दिमाग और ज़िन्दादिल हैं, हमारी औरतें, घुटन में नहीं रहतीं, न नक़ाब पहनती हैं। तुम ही थीं जो फ़िदा हुई थीं, हमारे गीतों पर और कहा करती थीं कि इन गीतों में दर्दमन्दी है, मगर इन पर नाचती हुई औरतें, मस्ती में नाचती हैं कि ये गीत जश्न के गीत हों। आज तुम इस कला को मज़हबी जंज़ीर में बाँधने लगीं... है ना अजीब बात!" अब्बू की इस जहन कुरेद देने वाली बात पर अम्मी आह भरकर चुप हो गयीं।

"चलो! नीचे चलें।" वह बेइरादा उठ खड़े हुए। अम्मी और अब्बू दोनों सीढ़ियाँ उतरने लगे। पीछे-पीछे वे तीनों। उतरते-उतरते पहले मोड़ पे अब्बू ठिठके और अँधेरे जीने से बाहर उस रोशनदान में देखने लगे जिसमें से नज़र आने वाला नजारा और उससे परे फैले हुए दरख़्त एक

विचित्र दुनिया-सी लगते थे।

अब्बू की दहशतज़दा आँखें ज़ीने के अँधेरे में कुछ और ज़्यादा दहशतजदा लग रही थीं। माँ डर गयीं जब पिता ने हार कर कहा, तुम ठीक ही समझती हो इस सियासत को बीबी, अब रक्स-घाटी की इस संगीत गली में बची हुई औरतों को समझाना तुम्हारा काम...देखो दुबारा संगीत गली से प्रायवेट शादी ब्याहों में कोई न जाए तो बेहतर। बस कुछ दिन की बात...फिर वही दिन लौटेंगे।''

''तुम तो ख़्वाब की सी बातें कर रहे हो,'' अब्बू के पीछे आती अम्मी ने हताश होकर कहा।

वक्त की मनहूस चाल के चलते वैसे ही इस हवेली के रंगीन काँच की खिड़कियों वाले हॉल, जालों से भर गये थे। चचा की सारंगी और उनके नवजवान बेटों के नाजुक गलों की अनुपस्थिति से हवेली मनहूस हो गयी। शाम से ही रेवन कव्वों का शोर इसे मनहूस बना देता था। फिर रात के ढलते सन्नाटे में गोलियाँ चलने की फट-फट आवाज आती थी। मरते हुए गले उस ऊपर आसमान में बैठे किसी काल्पनिक खुदा और जन्नत का नाम लेते और न जाने किस भाषा में गोली मारने वाले कोई लोग शोर उठाते उसी क्रूर मालिक के नाम का। एक दिन फिर ऐसा हुआ, ग़ज़ाला ने खुद सुना...बस उस रात के बाद अब्बू लौटे ही नहीं...

ग़ज़ाला ने उन दिनों स्कूल की कॉपी में जो लिखा, वही बस बच रहा...

1. ये आवाज़ें पेट में बवंडर उठाती हैं और दिमाग में ख़ला जमकर बैठ जाती...जिस्म मर जाता है। पूरे वजूद में हवेली का सा सन्नाटा पसर जाता। तब इस हवेली के भरे पूरे जवान दिन याद आते। बचपन के दिन जब नींद ही अब्बू और उनके भाइयों के रबाब और दिलरुबा की जुगलबन्दी से खुला करती थी...जब दूधिया मकई के खेतों और जलते पलाशों का मौसम हमारे लिए हुआ करता था...हम बच्चे स्कूल जाते और स्कूल से लगे धान के खेतों में उड़ते ड्रेगन फ्लाई की पूँछ में धागा बाँधकर हैलीकॉप्टर बनाते थे, अब धुआँ उगलते हैलीकॉप्टर रॉकेट लांचर के साथ वादी के स्कूलों को तबाह करने आते हैं।

बीते हफ्ते 'मसहबा' को उन लोगों ने मार के कब्रिस्तान में फेंक दिया, वह अपनी स्कूल ड्रेस पहने थी। ... बेवकूफ थी क्या? स्कूल तो कब के बन्द हुए थे, स्कूल टीचर कब की मैदान की तरफ चली गयी,

इमारत उधड़ी पड़ी है। मेरा टीचर बनने का ख़्वाब भी...अब्बू तो कहते थे कि सरकार सिनेमा घर बचाये न बचाये हमारे स्कूल बचाएगी, अब्बू मर गये, अब किससे ज़िरह करूँ?

2. मेरी दोनों बड़ी बहनें बहुत अलग थीं, गुलवाशा जैतूनी और लुबना खुबानी की रंगत की थीं, उनकी तीखी नाक और बड़ी आँखें उन्हें बेइन्तहाँ खूबसूरत बनाती थीं, मैं ही घर भर में अलग थी, सादा और पढ़ाकू जिसका ताना अब्बू अकसर अम्मी को दिया करते... गुलवाशा की... यह जैतूनी रंगत ही उसका ख़ासमखास लिबास थी, और जिस्म की लचक उसका बेशकीमती गहना...अंग-अंग में कम्पन भरा था, संजीदगी ऐसी कि मैदानी इलाकों की खानदानी औरतें पानी भरें। माथे पर मोती जड़ी लैस का दुपट्टा बाँध, लम्बा घेरदार रंगीन धागों से कढ़ा लाल कुर्ता और शरारा पहन वह घूमती, मर्द तो मर्द औरतों की आह निकल जाती, लय और ताल का ऐसा जादुई मेल कि बस...उस पर आँखों और मुस्कान का विलास...दाँत हलका सा खुलते कि सोने जड़ी कील चमक जाती। भोली आँखों की दुधारी कटार... बिना मेकअप की गज़ब रूहानी सुन्दरता। लोगों के कलेजे हुमक जाते, जब अब्बू रबाब बजाते और वह हलका सा उछलकर हाथ आसमान की तरफ उठाती और फूल बरसाती अदा में जमीन तक लाती झुक जाती। उठते हुए कनखियों से दिया गया वो आमन्त्रण... मर्द अपने सीने मलते रह जाते...जानते थे यह अँखड़ियों का विलास नाच तक सीमित है...हाथ भी थामने की इज़ाज़त नहीं।

उसका नाम गुलवाशा यूँ ही नहीं था, फूलों के मौसम में हुई थी वह, इसी उल्लास भरी वादी में गुलवाशा को अपनी उम्र तक नहीं पता था, कोई पूछता तो वह कहती'' शायद 'सतरा या अठरा' मगर जिन्दगी को उसने जड़ों से फुनगियों तक खूब पहचान लिया था। मरने से पहले वह बताती थी, ''तुम तो बच्ची थीं गोद की, सच पूछो तो हुलसता है मन जब हवेली में अपने अब्बू और उनके भाइयों, अम्मी और चचियों और ढेर सारे भाई-बहनों के साथ बिताये बचपन की याद का पिटारा खोलती हूँ तो, मन कहता है, ज़रा सहेज कर यादें पुरानी, काली-सफेद फोटुओं की तरह होती हैं नाजुक-भुरभुरी, धुँधली! हाय! वो दावतें और संगीत की महफिलें, मोहब्बत और दर्द के गीतों की तड़प, खिले-खिले चेहरे, जंगली फूलों के इत्र और लोबानों की महक।

अब्बू जब जवान हुआ करते थे, बहुत रंगीन टोपी पहनते थे, और

लम्बा फालसई कढ़ा हुआ लबादा पहनते और कान में सोने की मुरकियाँ। क्या तो रबाब बजाते और क्या दिलरुबा...सुर उनके दास।

माँ से पूछना कभी, अब्बा के लिए घर बाहर की कितनी औरतों से लड़ी थीं वो, उनकी उमर बढ़ती जाती मगर अब्बू की दीवानियाँ कम न होतीं। हर उम्र की...वो चीखतीं ऐसा क्या है तुममें?''

अब्बू मुस्काते तो वह मन मसोस कर चुप रह जाती। घर भर की औरतें, उनका स्वभाव जान उन्हें चिढ़ातीं। कोई चची कहती, ''आपको उम्र कभी आएगी कि मिस्र से कोई लेप लेते आए हो गए साल।'' कोई पड़ोसन छूकर बात कर लेती, ''उमराव, कल हमारी महफिल में आकर दिलरुबा बजा जाइए, किसी रसूखदार की बेटी की मँगनी है।''

''सच्ची गुलवाशा?''

''अह! मत पूछ कि उजड़ ही गया उस दिन चाचा-चाचियों, बुआओं से भरा घर, और एक दिन जब हम सब सोकर उठे तो दोनों चाचा अपने परिवार समेत जरूरत भर का सामान ट्रक में लाद चुके थे। भाई-बहन... सर झुकाये अपनी निशानियाँ हमारी मुट्ठियों में थमा रहे थे, बहती आँखों को छिपाते हुए। सब जानते थे, लौटना मुश्किल है मैदानों से।

3. एक घड़ी वह भी तो आनी थी हम तीन बहनों के जीते जी। अब्बू को एक बार मजबूरन एक बहुत करीबी के घर महफिल रखनी पड़ गयी, सादगी भरे नाच और रबाब की कुछ बंदिशों और अब्बू के गीतों के साथ वह महफिल तो निपट गयी, मगर उस महफिल में कुछ बातों पर गौर किया गया, हालात से निपटने और ईंट का जवाब न सही भाटे से मगर विरोध से देने का फैसला हुआ।

तीन रोज बाद ही, एक रात हवेली के नीचे बड़े गेट के बाहर कुछ नारे गूँजे और कुछ विरोध की भी आवाजें उठीं, उधर से कुछ बेसुरी धार्मिक व्याख्याओं से भरी पंक्तियाँ गूँजी। आकाश का मुँह किये कुछ बन्दूकें गरजीं। तब हम बहनें नीचे भागीं अब्बू को कुछ लोग एक ट्रॉली में बिठाये लिये जा रहे थे—इस बेदर्द और विश्वास से खाली वाक्य के साथ— ''कुछ दिन बाद लौट आएगा...'' अम्मी अपने सीने को हाथ से मार-मारकर ज़ख़्मी किये ले रही थीं और अब्बू सिर झुकाये बैठे थे, उन्होंने हम तीनों को आँखों में ऐसी तमाम दुआएँ भर कर देखा कि...मुझे एक पल को धड़का हुआ कि क्या ये अलविदा है? अब्बू के रहते अम्मी खानदान रिश्तेदारी में भले नाची, मगर नाच को पेशा नहीं किया, जब

साल बीत चला और अब्बू नहीं लौटे तो, गुलवाशा और लुबना प्रायवेट वेडिंग पार्टियों में नाचने लगीं। अब्बू के एक दोस्त ने भाई की तरह माँ को सहारा दिया...वो सारंगी बजाते थे, उनके भाई वॉयलिन। गुलवाशा ने उनका साथ कर लिया।

मुझे याद है एक बार एक आदमी, अपने अंग्रेज दोस्तों को लाया था एक शादी में... 'जेनीफरलोपेज़'...गुलवाशा को देख के चहका था। जब वो नाची तो अंग्रेज के होश गुम, उसका साथी घायल। उस अंग्रेज की बीवी पूछ बैठी "आप क्या करते हो जो इतने लचीले और पतले हो? क्या डायटिंग करते हो?" जब डायटिंग का मतलब अम्मी को समझ आया तो वो खूब हँसी, उन दिनों खाने को तो पूरा होता नहीं था पूरे कुनबे को, तो वो हँसती नहीं तो क्या करती? वादी में खाना सोने के मोल बिक रहा था। इंतहां जो न कराये...एक रात अब्बू के दोस्त और उनके भाई हम चार औरतों को सोता छोड़ निकल गये। तब गुलवाशा उम्मीद से थी...

4. और अब कोई उम्मीद नहीं बाकी...

एक दिन यूँ हुआ 'एफएम' पर तीन चोरी से नाच देखने वालों और दो साजिन्दों को सरेशाम चौक में कोड़े मारने का ऐलान हुआ और शहर के सब वाशिन्दों को तमाशा देखने बुलाया गया।

उस तारीख को आधी रात बरबाद और टूटी हवेली का 'खारा कुआँ' गूँज गया और एक जामुनी किरण पानी में से निकली और अँधेरे में लहर बनाती सारी हवेली में फैल गयी, जैसे किसी ने रात में आतिशबाजी चलायी हो। चमकते हुए पानी पे एक अक्स औंधा तैर रहा था।

गुलवाशा!

शोरेशुद बाज खुबाबे अदम चश्म कुशुदेम,
दीदेम के बाकी स्तश बेफितना गुनुदेम।

(दुनिया के शोर ने मुझे जन्नत के ख़्वाब से जगा दिया और मैं इस दुनिया में आ गया लेकिन यहाँ का हंगामा देखकर मैंने फिर आँखें बन्द कर लीं और मौत की पनाह ली।)

अब भी लुबना कहती है—'मेरा दिल कहता है कि बेहतर समय आएगा और मैं उम्मीद करती हूँ कि तब तक मैं तो जीवित रहूँगी।'

काश, लुबना का कहा सच हो, मुझे याद है वो पुराने दिन जब हमारे गाँव बहुत से रिश्तेदार आते थे गर्मियों में, वादी के मौसम का लुत्फ़ लेते और लौट जाते। संगीत गली की नर्तकियों का नाच देखते और मगन

होते...गुनगुनाते लौटते...

आज एक सपना देखा, एक बहुत बड़ी पतंग, बैंगनी और पीली, ऊँची उड़ती-उड़ती कट गयी। उसकी डोर धूप में झिलमिला रही थी, वह गिरी मुँडेर से आँगन में, आँगन से...मैंने हाथ बढ़ाया मगर हाथ में से निकलती चली गयी। लुबना!

उस रात उसने नाच का रियाज़ नहीं क़िया, और उस रात मैंने सब्र किया... उसी रात अम्मी की धाय जिसे अम्मी और बाकी हम सब भी 'मामा फिरदोस' कहते आये थे। अचानक दिल के दौरे से चल बसी थी।

ग़ज़ाला की स्कूल की कॉपी एक दिन अम्मी ने चूल्हे में बाल दी, अब बच रहे कुछ अक्स, जहन में बनते-बिगड़ते।

अक्तूबर की एक ठण्डी, एक अँधेरी, रुआँसू गली। कभी यहाँ हमेशा बत्तियाँ जगमगाती रहती थीं और हर घर से संगीत सुनाई देता था, लेकिन पिछले दिनों कुछ दिनों से यह अँधेरे में है और बिल्कुल ठप्प पड़ी है। इस पतली गली में बने एक सँकरे से घर का जंग लगा लोहे का दरवाजा कोई लगातार खटखटा रहा है।

"कौन है?"

"मैं हूँ...हमारे यहाँ शादी है।"

"ऐसे मुश्किल वक्त में शादी! कौन दीवाना हुआ है।" अम्मी की अधेड़ आवाज़ खरखराई।

"अरे नजूमियों के हिसाब से शादी के लिए यही वक्त सही है..."

"तो बोर्ड देखो न..."

"कौन-सा?"

"दरवाजे के बगल में..." अन्दर की आवाज कराहने लगी।

गेट के बायीं तरफ लगे एक बोर्ड पर लगा है। आगन्तुक हकबकाया-सा बोर्ड पढ़ता है—"आज से नाचना-गाना बन्द। 30 सितम्बर..."

"ऐसा क्यों? अचानक...अभी तो गुलवाशा नाची थी। हमारे मोहल्ले की शादी में।" गरदन और हाथ एक साथ हिलाता है...

"गुलवाशा? उसे गुजरे तो महीना हुआ।" एक पड़ोसी आगन्तुक के पास आता है और बताता है।

"अच्छा! फिर महीना-दो महीना ही हुआ होगा, उस बात को भी...जब गुलवाशा आयी थी मोहल्ले में...कोई और घर नहीं है जहाँ कोई और हो...जो हमारी शादी में रौनक कर दे, हमारी भतीजी का होने वाला

दूल्हा लन्दन का है और उसने ही डिमांड रखी है कि वो रक्स घाटी की महफिल देखना चाहेगा...''

पड़ोसी बताता है, ''इस गली में अन्दर रहने वाली लड़कियों को कुछ विद्रोहियों का पत्र मिला था, जिसमें उन्हें धमकी दी गयी है कि अगर वे चाहती हैं कि उनका घर न जलाया जाए तो वे नाचना-गाना बन्द कर दें। आजकल संगीत गली सुनसान है, गली के आस-पास के लोग बताते हैं सबसे ज्यादा कहर यहीं बरसा है, दर्जनों परिवार दूसरे शहरों में जा बसे लेकिन जिनके पास जीने का दूसरा कोई विकल्प न था, वे यहीं रह गये हैं।''

आगन्तुक ने देखा गली में कई पोस्टर चिपके हैं, नर्तकियों और गायकों को सम्बोधित, यह वाहियात पेशा छोड़ देने की धमकी भरे शब्दों के साथ, नहीं मानने पर बम-हमलों का सामने करने की बात भी लिखी थी। मैदान, घाटी में हर कोई जानता है, इस इलाके और इस गली को। यह गली अपनी गोरी-खूबसूरत नृत्यांगनाओं और बहुत ही सुरीले वादकों और गायकों के लिए बहुत प्रसिद्ध है, आस-पास के मैदानी शहरों, कस्बों में शादी या अन्य निजी पार्टियों में इनकी महफिलों की बहुत माँग रहती है। आगन्तुक काँप गया। उसने पूछा कि ''हुआ क्या था आखिर?''

''इन्हीं बरसातों के बाद ही तो सामने वाले ही दरवाजे से गुलवाशा और उसके शौहर को खींचकर निकाला था, ऐन इबादतगाह के सामने चौक पर दोनों को कोड़ों से पीटा गया था। शौहर अगले दिन अपने भाई से साथ गुल हो गया और गुलवाशा अपनी पुरानी हवेली के खारे कुएँ में कूद गयी।''

स्कूल-अस्पतालों के ध्वस्त होने के बाद, चौराहों पर कई-कई मौतों और कोड़ों की मार के बाद, 'संगीत गली' की जगह आजकल 'खरासियों की गली' की अचानक बहुत पूछ हो गयी। वैसे इस गली में तरह-तरह के लोग बसते थे। सामूहिक पलायन के चलते गधा गाड़ियों और खच्चर गाड़ियों और मिनी ट्रकों की यह सराय बन गयी थी। शाम के समय कोई न कोई परिवार इस गली में अपना घर-गृहस्थी का सारा सामान ढुलवाता जरूर मिल जाता था।

सुहैल सामान खच्चर पर लदवाये गली में चढ़ान में ऊपर की तरफ बढ़ा, आगे एक छोटे खुले अहाते में एक लकड़ी का मोटा लट्ठा पड़ा था, वह उस पर से कूदकर एक सँकरे दरवाजे को धकेलता हुआ संगीत गली की संकरी हवेली के पिछवाड़े नौकरों की रिहाइश वाली एक कोठरी में घुसा... अन्दर अँधेरा था, वह अँधेरे से कुछ पूछकर प्रतीक्षा में शान्त हो

''माफ करें, ऐसा होना था, और हममें से कोई कुछ न कर सका। अब कारवाँ बढ़ा लेने के सिवा चारा ही क्या?''

भीतर के कमरे में किसी की बूढ़ी सिसकियों से घर की अँधेरे से ढकी दीवारें थरथराती रहीं। मगर दो जवान जिस्मों की परछाइयाँ थीं, एक चूल्हे की तरफ झुकी उससे बतियाती और दूसरी जो अँधेरे को ओढ़कर कोने में अवसन्न बैठी थी, उसकी तरफ से कोई संकेत ना था कि उसने कुछ सुना भी या नहीं। सुहैल को पता था कि उसने उसे सुन लिया है, उसका मन उसके लिए भी दया से भर गया।

वह आहिस्ता से सरकता हुआ कोने में बने और लगभग बुझने को तैयार चूल्हे के पास गया, चीड़ की लकड़ी का एक सूखा टुकड़ा डालकर फूँकने लगा। अंगारे धधकने लगे और स्फुलिंग उड़ने लगे, आग जली और कमरा उजास और गरमाहट से भर गया।

''लुबना, तुम इस वाहियात शहर से बाहर मैदान में क्यों नहीं चली गयीं? उन दूसरी नाचने वाली लड़कियों की तरह? तुम तो बहुत-बहुत बेहतर थीं उनसे।'' बहुत ही बेतुका सवाल था, दोनों जानती थीं।

''मगर तुमने भी तो वादा किया था...'' वो पीली और दुबली हो गई थी, मगर अब भी उसकी आवाज मीठी और नखरा बचकाना था।

सुहैल ने पहले गौर किया कि दीवार से जो छाया सटी खड़ी थी। वह ग़ज़ाला थी। उसके गंदुमी चेहरे पर चूल्हे की आग हिलती-डुलती छाया और प्रकाश का खेल खेल रही थी। वह थोड़ी चिढ़ी हुई सी लगी, और यह चिढ़ गुस्से की थी या नफरत की इसका वह अन्दाज लगाता रहा।

''सुनो ग़ज़ाला, चाहो तो तुम भी निकल सकती हो, मेरे साथ ही रह सकती हो, अगर तुम मुझसे नफरत नहीं करती तो।''

ग़ज़ाला होंठ चबाती रही।

"देखो, अगर जिस भी कारण तुम मुझसे नाराज हो तो...कोई बात नहीं। न सही मैं...शहर चली चलोगी तो वहाँ इतने सारे पढ़े-लिखे मर्दों में से कोई तुम्हें नाचते देख, फिदा होगा ही। और तुमसे शादी कर लेगा। तुम्हारी किस्मत बदल जाएगी...?''

''मुझे नहीं जाना तुम्हारे साथ और न ही किसी शहरी मर्द की मेहर चाहिए।'' लुबना ने राहत महसूस की। सुहैल ने भी कि आखिरकार इसने बात तो की।

''तुम जानती हो, मुझे भी दो-दो औरतों की दरकार नहीं। जानती हो न!'' उसने कोई उत्तर नहीं दिया।

''तुम तो जानती हो लुबना, जानती हो न?''

''हाँ...'' लुबना ने मिमियाकर कहा।

''मेरी गलती नहीं थी। बिना पैसा बनाये मैं अच्छा शौहर कैसे बन सकता था। इसीलिए उनसे जा मिला...अब तुम्हारे साथ हूँ फिर से।''

''हमारा ही क्या गुनाह था, तुम गुलवाशा और उसके शौहर को फँसा कर चले गये थे।'' ग़ज़ाला चीखी।

''यह झूठ है, मैंने ऐसा कुछ भी नहीं किया।''

''हाँ हाँ, जो हुआ सो हुआ, पर मुझे अब कुछ गिला नहीं रहा...'' लुबना ने बात टाल कर, एक लकड़ी का टुकड़ा चूल्हे में सरका दिया, और उसे कुछ खाने को दिया, मुरब्बे में फफूँद की महक थी और रोटी जली हुई थी। डर, गरीबी और भूख ने बाहर-भीतर सब ध्वस्त कर दिया था, उसने पहला गस्सा तोड़ा और निगल लिया...

''दो साल बहुत होते हैं। हमने इन्तजार किया बेहतर वक्त का। मगर वह नहीं आएगा, हमें एक मौका और दे रहा है खुदा। चली चलो। सब जवान लोग यहाँ से जा रहे हैं।''

लुबना पीछे के कमरे की तरफ लपकी, जहाँ अम्मी कराह रही थी।

''पागल हो? पीछे मुड़ कर मत देखो!'' उसने लुबना को और ग़ज़ाला को खबरदार किया।

''क्यों?''

''उधर एक बूढ़ी जादूगरनी रहती है, उसके पास एक आईना है। जिसे वह आईना दिखाती है, वह यहीं रुक जाता है।'' सुहैल हँसा, अपने मजाक पर और लुबना काँप गयी, उसने भीतर की दीवारों के पार एक बुढ़िया को राख के ढेर में बदलते देखा...मगर ग़ज़ाला ने पीछे मुड़ कर देख लिया, और अम्मी के पास रुक गयी।

ग़ज़ाला ने एक ख़त में लुबना को लिखा, लेकिन वह ख़त बिना पते के कहीं न पहुँच सका।

हम सब जो रह गये थे, किसी न किसी तरह चुपचाप कमाने लगे। मैं कम्प्यूटर सीखने लगी हूँ, एक खाली बैठे पढ़े-लिखे टीचर से। हम दोनों कभी-कभी मोहल्ले के बच्चों को एक-एक, दो-दो करके पढ़ाते हैं। अपने मोहल्ले के बगल वाले इलाके में कल रात से फायरिंग हो रही है। मैं

और मेरे जैसे और लड़के-लड़कियाँ दर्द से लदे हैं, पीठ दुख गयी है झुके-झुके। विस्फोट से हवेली की बची-खुची दीवारें धसक गयीं, छत सड़क पर आ लेटी है। वजह इस फायरिंग की गोलियों के शोर में हम अपने गीत भूल गये हैं, रबाब की धुनें और ताल भूल गये हैं। इस गाँव के मर्द जो रबाब बजाकर अपनी बहनों को नाचता देख खुश होते थे, वे गुनगुनाने पर ऐसे घूरते हैं जैसे वे कोई गुनाह कर रही हों।

अम्मा पगलाई सी छाती धुनती हैं, जब लोगों को अपने खच्चरों पर सामान लादे, बिना मुड़े जाते हुए देखती हैं। वह चाहती हैं कि "मैं किसी भले, अमीर अधेड़ आदमी से शादी कर लूँ, लड़कियों को किताब पढ़ाना और खुद कम्प्यूटर पढ़ना बन्द कर दूँ?"

"क्या तुम अब भी मानोगी इस कानून को? जो ईश्वर के नाम पर हर धर्म में औरतों के लिए अलग से बनाया जाता रहा है?" मेरा कम्प्यूटर टीचर मुझसे पूछता है।

"हाँ क्यों नहीं, मेरा भी एतकाद है, खुदा में और उसके बनाये कानून में, अम्मी और गुलवाशा की तरह ही, लेकिन क्या करूँ कि पिछले कई दिनों से मेरे कान रोते बच्चों और माँओं की कराहों को सुन रहे हैं। मैं अपने घर, तबके और आने वाले वक्त में अमन और इंसानियत की पूरी तबाही देख पा रही हूँ।"

"तुमने कभी सोचा है? स्कूल जाती लड़कियों को कोई कैसे जला सकता है? नाचना-गाना धर्म के खिलाफ कैसे हो सकता है?" वह फिर पूछता है। मैं क्या जवाब दूँ? औरतों और बच्चियों को फुसफुसाकर पढ़ाते हुए मैं थक गयी हूँ...उन्हें क्या-क्या नहीं समझाती, यह मजहबी कानून और इसका सही मतलब मगर सुनने वालियों के कान बहरे हैं और आँखें उजाड़, जबानें उमेठ दी गयी हैं...मेरी हिम्मत टूट रही है अब।

"फिर भी मुझे थोड़ी उम्मीद है क्या तुम्हें है? कि एक दिन ये कान देखेंगे और आँखें सुनेंगी। जबानों की उमेंठनें खुल जाएँगी।" कहते हुए, कभी-कभी मेरा टीचर अपनी बैसाखी खिड़की से टिका कर, मुझे थाम कर मेरा माथा चूमता है। उस रात मैं सपना देखती हूँ, न केवल हम तीनों बहनों के होंठ, न केवल संगीत गली की हर लड़की बल्कि रक्स की घाटी की हर औरत के होंठ बैंगनी से फिर गुलाबी हो गये हैं और सेब के पेड़ों के बीच, हरे कच पत्तों में झुण्ड के झुण्ड अब्बा की कोई रोमांटिक बंदिश गुनगुना रहे हैं। टहनियाँ रबाब की तरह बज रही हैं।

ओ मरियम!

माँ जा रही थीं, जिन बहुत सारी चीज़ों को विरासत में छोड़ कर, उनमें से एक ग़ैर-दुनियादार व्यक्ति होने के नाते, मेरे हाथ लगी थी केवल उनकी डायरी और लकड़ी के गोल मनकों की माला। मेरे पास उनके सुनाये ढेर सारे किस्से ख़ज़ाने थे, जिनमें से कुछ किस्से मैंने फिर बुने, कहानियों में। कुछ अनबुने स्मृति में ही उधड़ गये। ऐसा ही एक किस्सा उधड़ रहा था, माँ जा रही थीं!

मेरी ड्यूटी थी उस रात आई.सी.यू. के बाहर बैठने की। मैंने उन्हें पतली दाल में एक टुकड़ा रोटी भिगो कर किसी तरह खिलाई। उनका मुँह पोंछ कर, एडल्ट डायपर बदलवा दिया। फिर जल्दबाजी को छिपाते हुए, आई.सी.यू में ही उनसे मैंने पूछ लिया, "ए म्माँ, मम्मी वो उस मुसलमान औरत का नाम क्या था? ओह! तुमसे पहले भी दस बार पूछा है, हर बार भूल जाती हूँ, जिसने अधेड़ उमर में शादी की थी..."

वे ऑक्सीजन मास्क के पीछे से मुस्कुरायीं! जरा-सा हटाकर, फुसफुसाकर बोलीं—"अ....रु...अउ....सआं... क आं!"

"हाँ हाँ! अब्दुल सलाम की अम्माँ! वही, वही। जो चुटीला और पाज़ेब दिखाने आयी थी न, दादी को ब्याह में मिला!"

माँ गरदन हिलाने लगीं। मुझे नर्स ने मरीज से बात न करने और बाहर जाने की आँखें तरेर कर हिदायत दी गयी। हलकी ग्लानि हुई, पर भाई लोग तो आई.सी.यू. में विल और वकील ले आये थे, मैंने तो बस अपनी कहानी के लिए....मैं झेंप गयी, माँ मुस्कुरा कर आँखें मींच कर लेट गयीं, शायद मन ही मन अब्दुल सलाम की माँ को याद करने लगी होंगी।

आगरा की बात है। उन्नीस सौ साठ के दिन, माँ की नयी-नयी शादी हुई थी! अटपटे, अजनबी परिवार के नये-नये किस्से, वे खिलखिलाकर सुनातीं मायके में। मसलन, घूँघट की वजह से एक साल तक माँ का दादाजी के केवल पैर देख पाना और राजा मंडी स्टेशन पर सर पर से पल्लू हटा कर, पापा के साथ शाम की रूमानी सैर के समय हाथ में चाबी का गुच्छा घुमाते हुए पूछना—"ये दाढ़ी वाला बुढ़ऊ कौन था, जो कुछ पूछ रहा था आपसे?"

"तुम्हारे ससुर!' पापा के कहते ही, मम्मी का अपने मुहावरे की फटी जमीन में धँस जाना।

या फिर पापा का दोपहर में माँ के लिए जलेबी लाना और बड़े परिवार के सब लोगों से न बाँटनी पड़ जाए, इस आशंका में पेड़ पर छिपा देना, कुत्ते को भनक पड़ते ही उसे ले भागना, अहाते में पापा का कुत्ते के पीछे भरी दोपहर दौड़ना!

माँ का हँसना कि, "अब क्या कुत्ते के मुँह से छुड़ाकर खाएंगे?"

माँ को, न जाने क्यों वही किस्से, वही चमकीले दिन बाद तक याद रहे। बहुत सी चीजें वे भूल गयीं। लेकिन अब्दुल सलाम की अम्माँ का किस्सा तीन बार सुना था मैंने। माँ ने तो एक ही तरह से उसे हर बार सुनाया था, पहली बार खूब हँसी आयी, दूसरी बार लगा—मूरख स्त्री थी अब्दुल सलाम की अम्माँ! तीसरी बार मन दुख से बुझ गया कि—ओह! हम औरतें!

अब्दुल सलाम की अम्माँ लिखते तो मेरे हाथ भी गड़बड़ाएँगे, आपका चित्त भी अकुलाएगा। चलो माँ के किस्सों के मनकों की जिम्मेदारी सँभाली है तो उनकी तरह की बारीक विवरण, दुख पर हास्य का पुट! पूरा सीन खेंचा जाए।

मेरी दादी का घर मुस्लिम मोहल्ले में इकलौता घर था। ईंटों की दीवारों, प्लस के साइन जैसे ईंटों के झरोखे, दालान में भी ईंटें और छिड़काव के बाद मिट्टी की महक से महकता घर। जिसमें पापा के किस्से भी रहा करते थे, पहली बार मोटर, मैम और फिल्म देखने के, आजादी के पहले और बाद के। देश के आजाद होने पर एक क्लास का अतिरिक्त प्रमोशन मिलने के! साथ ही अनेकों दंगों के जिसमें उस मोहल्ले में दादाजी का घर बत्तीस दाँतों में जीभ की तरह नहीं, बल्कि राजा मोरध्वज की पनाह में आये कबूतर की तरह खूब रहा। बगल की सड़क पर बाटा अंकल का तिमंजिला घर, साथ लगी हुई साइकिल की दुकान वाले अनवर चचा, सामने आइस फैक्टरी वाले हाजी बाबा, सड़क पार पूरा मोहल्ला जो दादा जी को अमीन साहब कहता था। गर्मियों की छुट्टियों में मिलने वाली रिहाना, गुलनाज, अंजुम, निकहत जैसी सहेलियाँ! जो मेरी फ्रॉक्स, ट्यूनिक-स्लेक्स पर खुसफुस करतीं, और मैं उनके गरारों और झुमकियों पर ललचाती।

इसी घर के पिछवाड़े बहुत सँकरी गली थी, जिसमें बड़े घरों के पाखाने खुलते थे और कुछ सर्वहारा गरीबों की कुठरियाँ थीं, जिनमें टाट के परदे पड़े रहते थे। मैं बच्ची थी तब भी थे, (बाद में पाखाने पक्के हो गये, कुठरियाँ टूट कर दुकानें बन गयीं।)

माँ इसी शहर से इसी शहर में ब्याह कर, यहाँ इस घर में आयीं तो, उन पुरानी तरह के पाखानों से घबरा गयीं, जाना न पड़े यह सोच कर उन्होंने पहले दिन खाना और पानी बहुत ही कम किया और अपनी नेचुरल कॉल्स को अगले दिन तक मुल्तवी कर दिया। एक बड़ी कॉलोनी में उनका मायका था (अब भी है!) जिसकी खासी ऊँची सीलिंग और लम्बी डंडी वाले सीलिंग पंखों वाली कोठियाँ ब्रिटिशर्स स्थानीय लोगों को बेच गये थे! भला हो उस रिवाज़ का जिसमें मायके में फेरे के लिए एक दिन बाद ही बहू को भेजा जाता था।

ख़ैर नवब्याहता माँ लौटीं! उन पाखानों में बैठने की आदत पड़ी, वहाँ उनके कान जो चीख भरी पुकार अकसर सुना करते थे, वह थी "अब्दुल सलाम! ए अब्दुल सलाम!"

"हमाए अब्दुल सलाम को देखो चाची?"

"...तेरो अब्दुल सलाम कोई दिलीप कुमार है, जो बाए देखूँ...मैं?"

"अब्दुल सलाम चल सतुवा पी ले!"

"अब्दुल सलाम, बाटेवारी बीबी जी ने कमीजें दी हैं तेरे लिए। चल ये डबलरोटी को नास्ता कल्ले!"

मानो उस आवाज़ की मालकिन की दुनिया बस अब्दुल सलाम के इर्द-गिर्द ही थी।

माँ कुछ पुरानी हुईं, चाची ब्याह कर आयीं तो माँ को सहेली मिल गयीं। दोनों साथ छत पर जा बैठतीं। तभी उन दोनों ने देखा, अब्दुल सलाम की माँ को। एक साँवली, मैली कुचैली अधेड़, औसत कद की औरत। चुँधी आँखें, काले बालों की बेतरतीब चुटिया, रंग उड़ा, दूसरों से खूब पहन कर, घिसने के बाद मिला पीला-भूरा कुर्ता और लिथड़ती नीली शलवार। उसके पीछे आता दस-ग्यारह साल में ही कद पकड़ता, उतना ही काला-सा कोई किशोर, 'अब्दुल सलाम' ढीली कमीज के नीचे पाजामा पहने...बढ़े बेतरतीब बाल। वह हाथ में कुछ न कुछ खाता हुआ आता मिलता था। यूँ तो 'अब्दुल सलाम' की माँ का नाम न दादी जान पाई न माँ ही कभी जान सकीं। (मुझे कुछ नाम देना है उसे। माँ के मुख से अभी वॉर्ड में जो जो अस्फुट नाम निकला था, 'अं...रू...सा आं' (अब्दुल सलाम की माँ), चलो हम उसे अरूसा ही कहेंगे। अरूसा यानी नयी दुल्हन!)

हाँ तो जिधर को पाखाने खुलते थे, उस गली में उस तरफ को घर था अरूसा का। कोई नहीं जानता वह, कब और कैसे आयी। हाँ बहुत पहले लाइन से बनी चार कोठरियों में से जूतों की फैक्टरी में काम करने वाले एक मजदूर का जनाजा उठा था, उस रात उसी कोठरी से एक डकराहट गूँजी थी, एक बच्चा दुनिया में आने से हिचक रहा था कि उसकी नाल गले में फँस गयी थी...अकेली माँ ने फिर भी उसे जना, सुबह आकर दाई ने नाल काटी। चालीस दिन बीतने पर एक काली, कुपोषित औरत टाट के परदे खोल धूप में आ गयी थी, उसकी गोद में बच्चा था। औरत अरूसा थी, बच्चा—अब्दुल सलाम।

बस तभी टेरा गया था यह नाम पहली बार गली में। "अब्दुल सलाम, अले मेरे लाल!"

"अब्दुल सलाम हम ना ले रए गोदी, काम कौन करेगो?" "अब्दुल सलाम, नेक तो थमो अभी दूध लाई, चाची के हयाँ से।" "अब्दुल सलाम, देखा का कई हती हमनें अमीन साहब की बीबी जी दयालु हैं।" "अब्दुल सलाम, कहाँ को चले..."

अब्दुल सलाम का नाम गली की धूप की तरह हो गया...जो तमाम

गलाज़त के बावजूद वहीं बनी रहती दिन भर।

अब अरूसा मोहल्लों के सारे घरों की जरूरत बन गयी थी, कहीं बर्तन धोती, कहीं दोनों वक्त खाना पकाने जाती। अमीन साहब यानी दादी के घर दोपहर फुरसत में आकर कपड़े धोकर जाती। साल बीते मेरे पिता, चाचा के ब्याह हुए। अब्दुल सलाम बारह साल का बड़ा लड़का हो गया। अपनी माँ का लाड़ला उतना ही, जितना बालपन में। माँ और चाची हँसती, जब अरूसा 'अब्दुल सलाम, अब्दुल सलाम' करती। कभी-कभी वह खीज जाता, कभी गली के आस-पास के लोग। कम बोलने वाला अब्दुल सलाम झेंपे हुए गुस्से से कहता, "रेने दे अम्मी, खाँमखाँ में मत किया कर...ये लाड़ मनव्वल!"

"अब्दुल सलाम! तुम बदमास हे रए हो, झट जवाब देने लगे हो, अगले साल तुम्हें इनके बच्चों की तरह पाठसाला भेजूँगी...तब जलेंगी ये अमीन साहब की बहुएँ... क्या-क्यूँ की जाने कैसी बोली बोलती हैं।"

एक दिन मेरी उदार दादी खास भरवां टिंडे की सब्जी सिखाने के लिए रसोई में बनी थीं, बहुएँ फुटकर काम करती...इधर-उधर। जब खाना निपट गया तो दालान में दोनों बहुएँ दादी के पैर दबाने लगीं, तभी अरूसा प्रकट भईं।

"लाओ चाची कपड़े धो जाऊँ...आगे पता नहीं कौन धोने वारी मिले के ना मिले!"

"चौं री? तू अब कहाँ मर रई है जाके?"

"चाची, निकाह करने की सोच रही हूँ।"

"दारी, इस उमिर में?"

"तो...रांड बनी धरी रहूँ? उमिर? ऐसी क्या उमिर धरी मेरी? मुस्किल से बीस पर चार होऊँगी।"

हँसी छुपाने के बेजा प्रयास में साड़ी के पल्ले से मेरी चाची ने तो पूरा मुँह ढक लिया, पल्ले को मुँह में दबाते-दबाते माँ की तो हँसी निकल ही गयी। लिहाज के मामले में कड़क दादी ने घूरा। दादी इस रोचक बातचीत की तह में जाते-जाते व्यवधान नहीं चाहतीं थीं।

"कौन मिल गया किस्मत का मारा?"

"हैं, जाने कब से... दो-चार पैगाम चाची।"

"हाँ री, चौं नईं, तू परी हूर जो ठैरी।"

"चाची, खुस्की तो उड़ाओ मति! कौन कुँवारों के पैगाम मिलेंगे

मोए? मेरे जैसे ही रंडुवे सब, गरीब मजूर...बाल-बच्चन वारे!'' कह कर अरूसा रोने लगी।

''तो काए गत बिगाड़ रई है री अपनी? कुएँ से निकल कर खाई? सँभाल अपनी और अपनी औलाद की गत।''

''चाची, एक मरद हो तभी होती है औरत की गत और सोभा! सच कहूँ, तो मेरो निकाह तब भी कहाँ हुओ हतो? दूध के दाँत न टूटे थे, भजा लायो वो दाईमार! याँ आके तो जानो कि महीना का होत है!''

''तो मर जाके...दारी!'' दादी ने बहुओं के सामने उसकी खुल्ली बातों से कुढ़ कर करवट बदल ली, आँख के इशारे से बहुएँ उठ कर चल दीं, अपने कमरों में बन्द पर्दों के पीछे, चलते पंखों की घुर्र-घुर्र के पीछे की हँसी-किलकारी सुनते हुए वह असमंजस और कुढ़न में वहीं सर पकड़ कर बैठ गयी। पसीने और आँसू एक होकर एक काले जिस्म से बहते रहे।

उसने अगले ही दिन से कपड़े धोने का काम छोड़ दिया हमारे यहाँ।

एक महीना बीता होगा कि अरूसा, फिर एक दोपहर नमूदार हुई। माँ और चाची अपने कमरों में थीं। उसकी आवाज सुन बाहर आ गयीं, क्योंकि बहुत दिनों से कपड़े धो-धोकर, तंग आ गयी थीं। उसे देखकर दोनों बहुओं ने आँखों-आँखों में एक-दूसरे को देखा, हलका फिरोजी सुनहरी गोट-किनार लगा कुर्ता-शलवार पहने, बालों में और मुँह पर समान तौर पर तेल चुपड़ा हुआ, आँखों में काजल और बालों में चुटीला रिबन गुँथा हुआ। सिर पर दुपट्टा डाल कर दादी के तख़्त के पाए के पास बैठी थी, अब्दुल सलाम की अम्माँ।

''बड़े दिनन पे आई अब्दुल सलाम की अम्माँ, कहाँ थुकाय रही हती हमें?''

''का बात कत्त हो चाची, हमें तो अपने बाकी के और कुछ उधार पईसा चाईए थे, कछु हो हाथ में तो इज्जत रहत है। बाटेबारी बीबीजी ने हमें पाजेब दईं। कह रईं किस्मत की तेज हो अरूसा! वे बड़े खाते-पीते घर के लोग हैं। सारी जिन्दगी के तोड़े हाड़ ठीक है जाएँगे। राज करियों...तीन बहुएँ हैं, एक पतोहू। जब वे जाएं तो लगे हाथ तुमऊ हज कर आइयों अगले साल। चाची तुमसे बिनती, अब्दुल सलाम को ध्यान रखियौं हाँ...'' कहकर वह दुपट्टे से काजल मैले आँसू पोंछने लगी। दादी, आश्चर्यजनक तौर पर उस दिन कुछ नहीं बोलीं। दादी के इशारे पर

अरूसा को पैसे और एक चाँदी का सिक्का भेंट दिये गये। वह चली गयी। बरहना सिर घूमती, दिन-रात दुखती कमर पकड़े, अब्दुल सलाम को टेरती, अब्दुल सलाम की अम्माँ, उसी देर शाम निकाह पढ़वा कर अरूसा बन गयी, यानी कि दुल्हन। कहते हैं, परदे वाले रिक्शे में शाम के झुटपुटे में बुर्राक कपड़ों में, नाक पर रूमाल रखे दो लोग आये थे, मालूम नहीं चल सका, कौन दूल्हा था और कौन काज़ी जी।

अब्दुल सलाम गली की मटमैली धूप था, अगले दिन भी चुपचाप वहीं बना रहा। लोग 'च्च च्च' करने लगे। दादी ने खूब गालियाँ दीं अरूसा को, परदे के पीछे, पढ़ाई या तबियत का बहाना किये बहुओं को सुनाकर...जवानी में लगने वाली आग विशेष को केन्द्र बना कर।

अब्दुल सलाम को गली के अनाथ की तरह पालने को उत्सुक बहुत सारे घर थे, दुकानें थीं। बचा-खुचा खाना और थोड़ा बहुत जेब खर्च मिल जाता। पहले ही बहुत कम बोलता था, अब वह लगभग गूँगा हो गया। लम्बा-सा, साँवला, गरदन झुकाये, अटपटे कपड़े पहने वह साइकिल की दुकान के कोनों में घुसा रहता, काम करता हुआ। देर रात घर में घुसता, सुबह जाकर राजा मंडी स्टेशन वाले रेलवे क्रॉसिंग पर खड़ा हो जाता... उसके आगे का आगरा उसने कभी न देखा था, न जाना था। न उसमें हिम्मत थी। वह दो 'टोस' चाय के साथ खाकर लौट आता।

हमारी गली शान्त हो गयी थी। माँ आठ महीने की गर्भवती थीं और ऐन टाइम पर चाची मायके चली गयीं थीं, अपने बीमार पिता की देखभाल को।

उधर उस दिन अरूसा ने फिर बुरका पहना, रिक्शे में गठरी की तरह बैठ गयी थी, सीटों पर काज़ी और रफीक मियाँ बैठे थे। रफीक मियाँ के इशारे पर काजी ने पाँच रुपये का नोट अब्दुल सलाम की तरफ फेंक दिया था, वह बुरके की जाली से देखती रही, गली के मुहाने तक तो अब्दुल सलाम ने वह रुपया उठाया नहीं था, उसके दिल से हूक उठी। ''खुस रहियो बेटा, अपने दो हाथन को भरोसा रखियों, बड़े हे गए तें अब अब्दुल सलाम वल्द.....?''

''नाम ही भुला गया याददास्त से, या याद नाय करना चाय रईं?''

कोई अतीत का प्रेत बोलता, उससे पहले उसका टेंटवा दबा दिया गया।

एक घने बसे अनजाने मुहल्ले में जाकर, टाट के बजाये मोटे चदरों

से परदों के पीछे धकेल दी गयी, अरूसा! एक सन्नाटे भरा दालान! बड़ा सा बावर्चीखाना, गोल बैठक, चिकने पत्थर की सीढ़ियाँ और...कच्चा आँगन और नल लगा पक्का हिस्सा, जहाँ बाहर नाली पर बिना धुले बर्तन पड़े थे, बेशुमार। उसे लगा दावत हुई होगी। निकाह की खुशी में। बर्तन वाली नाली के बगल में एक कमरा था।

काज़ी के साथ 'वे' बने रहे, बैठक में। दालान की तरफ आकर फिर अरूसा की गठरी पर खुश्की से बोले, "ये रास्ता है, यहाँ कहाँ बैठ गयीं?" वह लड़खड़ा कर उठी, बुरके की आदत तो कभी पड़ी ही नहीं थी। उधर गली में खुले सर घूमती। कौन इज्जत थी वहाँ?

"वो कच्चे छोटे दालान के पार नल के पास जो कमरा है। सो जाओ जाकर। बत्ती जला लेना। मेजवाला पंखा रखा है चला लेना।"

कमरा क्या था, कुठरिया ही थी, वहाँ से जरा बड़ी। वहाँ ज़मीन पर सोते थे माँ-बेटे, यहाँ एक बड़ा तख़त था, आईना था, ताखें थीं। खिड़की थी, बदबू न थी। उसने बुरका उतारा, दालान के नल पर जाकर मुँह धोया। अपने नये गोटा लगे दुपट्टे से पोंछ लिया। उसने सर उठाया उपर दुमंजिला था, जहाँ कमरे ही कमरे और अन्दर की तरफ गोल दालान में झाँकते गलियारे थे। कुछ जवान सजी औरतें वहाँ से झाँक रही थीं, खुसफुस करती, हँसती!

तभी खाना लेकर एक दुबली, कुछ लम्बी साँवली-सी लड़की आ गयी, उसे देख अपना अब्दुल सलाम याद आ गया। लेकिन उसने आज के दिन दिल कच्चा करने से खुद को रोक लिया।

"लगता है, बड़ी दावत हुई हती?" वह बरतनों के ढेर की तरफ इशारा कर फुसफुसाई। "कौन-सी दावत अम्माँ? जे तो रोज के बर्तन हैं। मैं तो दफा हो रई हूँ कल से। मैंने तो हिसाब कर लिया इस घर की चाकरी से। बहु जी ने कहलवाई है, पहला दिन है, थक रई होओगी, खा-पी के सो रहो। कुंडी कस के लगा लो।"

रात होते ही बिजली चली गयी, वह बड़बड़ाई—वहाँ हते तो 'टाट' हटा के गली में निकल जाते, यहाँ तो रफ़ीक साहब की बेगम...पर्देदारी का रिश्ता। वह दम घुटाते हुई चुप पड़ी रही। किसी ख़ास सुबह के इन्तजार में।

सुबह जब वह तखत पर सिमटी, पसीने में लथपथ, प्यास से खुश्क़ गला लिये पड़ी थी कि एक लियाकत से भरी औरत आयी। "सलाम

वालेकुम अम्माँ! मैं इस खानदान की बड़ी बहू हूँ ज़ौहरा, आप बावर्चीखाने में तशरीफ लाएँ तो मैं सबसे आपका ताअर्रुफ़ करवा दूँ!'' उससे तो सलाम का जवाब देते तक न बना, जबान तालू से चिपक गयी। वह उठी। उसने नल पर कुल्ला किया, मुँह-हाथ धोये...लाल चुटीला, पुंछरी बालों में ढीला हो जमीन पर लोट रहा था। गलियारे से झाँकती एक छोकरी-सी, चिल्लाई, ''अम्माँ वजू कर रही हैं क्या? नमाज का वक्त तो कब का निकल गया।'' ''समीना! लिहाज़!'' बहू ज़ौहरा ने छोकरी को डाँटा। वे सहम कर बोलीं, ''बेटा, हमने तो बस हाथ उठा कर दुआ माँगी है, जिनगी से नमाज पढ़ने की फुरसत और अदब नाय मिला, झूठ काहे कहें।''

बावर्चीखाने में हर उमर के बच्चे रो-पीट रहे थे, हर कोई बस भूख से बेहाल। बहुएँ चाय बैठक और दालान में पहुँचा रही थीं। नाश्ते में कीमे के पराँठों की तैयारी हो रही थी। प्याज-अदरक इफरात में कट रहा, आटा गूँथा जा रहा था। कौन और किसका ताअर्रुफ? उसे मायूस देख, ज़ौहरा उसका झुर्री भरा, काला हाथ पकड़कर, उसमें चाय का एक प्याला देकर बोली, देखा अम्माँ ऐसे ही परेशान होते हैं। कोई हमें सँभालने वाला नहीं। अब आप आ गयी हैं ना, अपनी सुघराई से सब सँभाल लीजिएगा। पहले आप चाय पिएँ, मुझे तो चाय पीने की फुर्सत नहीं मिलनी आज, इतने बरतन जो पड़े हैं। छोटियाँ सब की सब गैरजिम्मेदार हैं, मुझे ही अब्बू साहब को नाश्ता करवाना है, फिर वो कारखाने निकलेंगे न! अभी आप एक हफ्ते, बस आराम करें, फिर अब्बू का नाश्ता और आप जानें। मुनिया मरी को इतना लालच दिया भाग ही गयी सुबह-सुबह।

ज़ौहरा पीछे को देखती मरे मन से बर्तनों की तरफ बढ़ी। वह शरमा कर, सजग हो लपकी,'' लाओ बहू, हम कर दें तुम बिनका नास्ता देखो।''

वह तीन घंटे बर्तन माँजती रही, बर्तनों में जादू की तरह इजाफ़ा होता रहा। वह उठ कर बावर्चीखाने में गयी तो एक पराठा और मठा ढका रखा था। ज़ौहरा और बाकी बहुओं का कोई अता-पता न था। उसने नाश्ता अपने कमरे में ले जाकर किया और लेट गयी। वह कुछ तसल्ली पाकर हालात का तज़्किरा करती तभी फिर अफरा-तफरी शुरू हो गयी। दूसरी बहू कमरे में हाजिर, ''अम्माँ मैं तस्नीम हूँ। कैसी हैं आप? नाश्ता हुआ आपका? मैं खाना बनाने जा ही रही थी, दोपहर का खाना बनाने की ड्यूटी मेरी होती है, क्या बना लूँ? चलिए, जाने दीजिए आप

कल रात ही तो आयी हैं, क्या तंग करूँ, सोच रही थी, सुबह कीमे के पराँठे बने थे, अभी हरा साग बना लूँ। क्या कहती हैं अम्माँ?''

उसके सामने पालक-चौलाई का गट्ठर पड़ा था। वह साग साफ करती रह गयी। फिर खाना मिला।

यही चाय के समय हुआ–''अम्माँ मैं मंझली महरुन्निसा। शाम की चाय के साथ, आपको नानखताई दूँ, यह मिठाई भी खाइये ना! अरे इस पानी को भी कमबख़्त अभी आना था, और कपड़े अब तक अब्बू के धुले नहीं...उई आज तो मैं गयी। सासम्मा के रहते हमें कोई चिन्ता नहीं हुई। एकदम बगुले सा बुर्राक़ रखती थीं वे अब्बू को।''

''लाओ बहू...मैं धो दूँ, बिनके कपड़े।''

वह पूरी शाम कपड़े धोती रह गयी, कपड़े केवल 'बिनके' नहीं, समूचे खानदान के थे। रात के खाने के समय ज़ौहरा के बड़े बेटे की बहू, यानी उसकी पतोहू समीना ने जरा लिहाज नहीं किया, "अम्माँ, अब्बू के खाने में बड़े नखरे हैं, नाराज़ हो गये तो...थाल फेंकेंगे सर पर, सो आप रोटियाँ सँभालिये, मीट और सब्जियाँ मैं पका चुकी हूँ। अम्मी के सर में दर्द है। वे तो सो गयीं।

बर्तन धोने का दम न बचा था उसमें। जिससे निकाह होकर आयी थी 'अरूसा', उसकी शक्ल तो धुँधलके में निकाह की शाम देखी थी, और भूल गयी। कमर दर्द से बिस्तर पर लोट-पोट होती, वह सोचती रही पहला दिन है...बहुएँ भी हड़बड़ाई हुई हैं। वे भी लड़कों बहुओं वाले हैं शरमाते होंगे।

एक हफ्ता इसी अफ़रा-तफ़री में निकल गया। कोई कच्चे आँगन के इस कमरे की तरफ झाँका तक नहीं, न दिन में न रात में। एक दिन वह जब सुबह के बर्तनों की तरफ गुस्से में झाँकी नहीं, तो ज़ौहरा घबरा कर आयी, अम्माँ ठीक तो हो? मायूसी?''

''ज़ौहरा, आपके अब्बू...''

''ओह अम्माँ...क्या बताऊँ, बहुत लगाव था अब्बू को हमारी पहली वाली सास से, एक साल भी कहाँ हुआ है न, सो सोग मनाते हैं...आएँगे, इनसे कहूँगी भेजेंगे। उनकी मायूसी देख कर ही तो काज़ी जी से, इन्होंने कहा था कि अब्बू की तन्हाई देख कर मन टूटता है, कोई हमारी अम्माँ सी साँवली सलोनी, सुघड़ शरीक़े-हयात मिल जाए, जो अब्बू को पूरी तरह संभाल ले, उनकी पसन्द जान ले। कल खुद इन्होंने बताया कि अब्बू बड़ी तारीफ कर रहे थे कि अरूसा बेगम ने, बहुत दुख झेले हैं,

फिर भी हँसमुख है। कुछ दिन बीत जाएँ तो हम, इनके लड़के को लिवा लाएँगे, अभी बस बिरादरी का ख़याल किये हुए हूँ।"

उस दिन पल्लू सिर पर डाल, 'अरूसा' तयशुदा काम खूब उत्साह से करती रही, रात को मुस्कुराती रही अकेले में बिल्कुल अकेली होकर भी। "मना लीजिए सोग, हमें कौन जल्दी है? आह, उस दिन तो मैं रिक्से पर बैठ पीरबाबा की मजार जाऊँगी, जिस रोज अब्दुल सलाम यहाँ आ जाएँगे।"

इस तरह एक महीना बीत गया। रफीक साहब का सोग खत्म न हुआ। ज़ौहरा, तस्नीम, महरुन्निसा और समीना के उससे मेहनत वाले काम कराने के प्यारे बहाने अब सीधे हुक्म की शक्ल में बदलने लगे।

एक रात जब बर्तन माँजकर वह उठी और हाथ-मुँह धो रही थी कि बत्ती गुल हो गयी। रोज का मामला हो चला था। थक कर उस घुटनभरे कमरे में जाने की जगह वह दालान में चम्पा के पेड़ के पास बैठ गयी। उसने देखा कि गलियारों की बत्ती पाँच मिनट में आ गयी थी। वह समझ गयी उसकी तरफ का खटका निकाल दिया जाता था। तभी ज़ौहरा की आवाज आयी, "उस तरफ की बिजली क्यों गुल कर देते हैं आप?"

"ज़ौहरा, नया क्या है? नौकरों के कमरों की तरफ वाले हिस्से में तो हमेशा से ऐसा होता रहा है।"

"रिज़वान कमाल करते हैं आप, बेचारी औरत गफ़लत में आ गयी, अपना बेटा छोड़ कर और..."

"हाँ, अब्बू कह रहे थे, बेटा बुलवा लो इसका, किसी को भेजकर। कल एक ट्रेनी मिस्तरी कारखाना छोड़ भाग गया है।" अरूसा ने उस रात कोठरी का दरवाजा न उड़का...खिड़की खोल दी...तारों को देखती रही...और भोर के तारे की।...अज़ान की प्रतीक्षा में उसने आँखें लाल कर लीं।

माँ बताती थीं कि उस रोज पन्द्रह अगस्त और जन्माष्टमी पहली बार एक साथ आयी थी। देर रात से माँ को हलके-हलके दर्द उठ रहे थे...मेरा जन्म उनके लिए अज़ाब होने वाला था, क्योंकि मैंने तय कर रखा था शुरुआत से ही, कि हर काम उल्टा करूँगी....सब सर के बल आते हैं, मैं पैरों से आऊँगी। पापा भागे थे, राजा मंडी कॉलोनी में डॉ. माटिल्डा के घर। वे माँ की हालत देख घबरा गयी थीं। दादी से बोलीं, "माता जी, बच्चा ब्रीच है। यानी पैर नीचे...देर और बहुत तकलीफ का मामला है।" माँ को डॉक्टरनी ने रीढ़ में कमरदर्द के प्रसव का इंजेक्शन

लगा दिया था...और ग्लूकोज के साथ, डायलेशन का। माँ दर्द और राहत के झूलों में झूल रही थी। अधेड़ एंग्लो-इंडियन डॉक्टरनी हाथ में दस्ताने पहनते हुए, बुदबुदा रही थी।

"ओ मरियम, जिसने गर्भ लिया बिना गुनाह के कर उनके लिए दुआ जिनके हाथ तेरे लिए उठें।"

अगली सुबह छः बजे माँ जिस पुकार पर चिहुँक कर उठीं, उसने मेरी भी (गर्भजल में हिलते-डुलते) नींद उड़ा दी और मैंने जल्दी-जल्दी पैर बढ़ा दिये थे...बाहर को...

"ओ माँ!" माँ कराह उठीं।

"ओ मरियम!" डॉक्टर ग्लव्ज वाले हाथों में खून सने नन्हे पैर थामते बुदबुदाई।

तभी गली में वही पुकार उठी, जो खो गयी थी।

"अब्दुल सलाम! अब्दुल सलाम? कहाँ हे रे बिटवा?"

मौसमों के मकान सूने हैं*

इस बार वह इस मसले पर एकदम गम्भीर थी। दिन भी बरसता-भीगता सा था। मौसम के इस रंग के मायने अब सिफर के सिवा कुछ निकलते नहीं थे। दर्द भी अपनी हदें तोड़ कर, ब्रेन वायरिंग में शॉर्टसर्किट कर चुका था। अकेलेपन की इंतहां हो चुकी थी। सुबह-सुबह उसे इसी दुनिया में, इसी देश के, इसी शहर में, इसी इलाके के इस बोसीदा घर के रंग उड़े गुलाबी पर्दों वाले कोने में, किताबों के ढेर और रात भर से चलते हुए टीवी के साथ नितान्त अकेले उठना है। इस तरह वह शायद एक हज़ार तीसवीं बार सोकर उठी थी। पेट के निचले हिस्से में तीन साल पुराने दर्द के साथ, मर चुकी भूख के साथ, और सूजे एनीमिक चेहरे और पफ़ी आँखों के साथ, उखड़ी नेल पॉलिश और कच्चे नाखूनों के साथ।

आज वह तैयार थी, यह भावनात्मक ब्लैकमेलिंग या एक गुस्से में

---

* 'मौसमों के मकान सूने हैं
लोग दीवारो-दर में रहते हैं—**शीन क़ाफ़ निज़ाम**

भरा आवेश नहीं था। यह जरूरत थी। हाँ, आज आत्महत्या उसकी जरूरत थी। उसके हिसाब से, पहले जैसा कुछ भी नहीं रहा था, सब कुछ समाप्त हो चुका था। जीने की इच्छा, नींद, आँखों में कभी-कभी उगने वाले सपने, खुद और खुदा पर भरोसा, पुरुषों के प्रति दैहिक आकर्षण, सजने-सँवरने, खाने-पीने के शौक तक भी अब नहीं बचे थे। आईना देखे दिनों-दिन बीतने लगे थे।

"आज ये साँस लेने और छोड़ने का अज़ाबी सिलसिला ही खत्म किया जाए।"

उसने अपने तीसरे माले के अपार्टमेंट की बॉलकनी से नीचे झाँका, अपार्टमेंट के साथ लगे जामुन के पेड़ पर जामुनिया बहार आयी हुई थी। मोटे और काले जामुनों की टपकन से सड़क परपल हो गयी थी। जामुन टपकते और फूट कर बिखर जाते...भला सा परपल रंग सड़क पर डिजाइन बना देता। वह चाहती तो एक छलांग में नीचे कूद जाती, जैसा कि उसने हजारों बार कल्पना की है, और कुछेक बार सपनों में देखा भी है। नहीं यह सही तरीका नहीं, उसका मन नहीं किया जामुन की तरह टपक कर सड़क को सुर्ख कर देने का। तो फिर...? वह भीतर आ गई। उसके सिरहाने की दीवार पर काले मार्कर से एक नम्बर बड़ा-बड़ा करके लिखा था, "सुमैत्री : जीवन बहुमूल्य है" संस्था का। किसी मित्र ने पिछली बार अस्पताल से घर छोड़ते हुए, दीवार पर लिख छोड़ा था, जब उसने फिनायल पीकर आत्महत्या की कोशिश की थी।

"देखो, जब भी ऐसा मन करे, बस यह नम्बर डायल कर लेना। इस बार मैं आ गयी और टाइम पर 'एबडोमिन वॉश' करके 'सलाइन' लग गया...अब पता नहीं क्या साइड इफेक्ट हो। और यार प्लीज़! कम-ज़-कम ये टॉयलेट की गन्दी चीजें...क्या कुछ और नहीं मिला था?" उस दिन उसकी इकलौती दोस्त सचमुच बहुत खीज चुकी थी, भागदौड़ से, उसपर अस्पताल में सूँघती और पूछती पुलिस से और पूछताछ से।

"फिनायल क्यों पिया होगा मैडम ने?"

"जी! पेट की दीवारें साफ करने के लिए।"

"जी?"

"मतलब एसीडिटी की दवा और फिनायल की बॉटल में कनफ्यूज़ हो गयी थी? बाजार से लाकर टेबल पर रख दिये, रात को जलन हुई तो...गलती से"

"अच्छा! अच्छा!"

आह! उसने वह नम्बर मिलाया। थोड़ी देर की टूँ-टूँ के बाद एक बुरे उच्चारण वाली आवाज में सुनाई दिया—"यह नम्बर इस वक्त पहुँच से बाहर है। कृपया कुछ देर बाद डायल करें।" उसने दो बार और डायल करके फोन रख दिया। उसने खुद को आईने में देखा, मरी सी बेजान त्वचा, सूजन में धँसी कत्थई आँखें, सूखे होंठ, कम होते सर के बाल। उसने चेहरे पर लोशन मला। गन्दी, उधड़ी शमीज़नुमा नाईटी बदल कर नया गुलाबी कुर्ता और स्लैक्स पहन लिया। बगलों में यू डी कोलोन लगा कर उसने अपने निर्णय को परखा।

"हाँ! कुछ बाकी नहीं बचा है।"

कमरे को ठीक करना शुरू किया। वैसे तो कभी उससे मिलने कोई नहीं आता, मरने पर तो आएँगे। इसी शहर में रहने वाले भाई साहब और उनका परिवार। पड़ोसी और उसकी कुछ सहेलियाँ और उसके पुराने दफ्तर के कलीग्स, उसका भूतपूर्व पति और बेटा!

कम्प्यूटर टेबल पर रखे अधखाये चींटी लगे सेब को फेंकते हुए, उसे याद आया कि एक बार टीवी पर उसने कुछ सुना था! यही कि, इंटरनेट पर बहुत सी ऐसी वेबसाइट्स होती हैं जो आत्महत्या को आसान और पीड़ा रहित करने की विधियाँ बताती हैं। उसने कम्प्यूटर पर गूगल किया। विकीपीडिया से लेकर कई वेबसाइट्स और ब्लॉग्स पर मुफ्त! बिल्कुल मुफ्त या इस किस्म की जानकारियाँ उपलब्ध थीं। सबसे पहले एक वेबसाइट को खोलते ही देखा, उस पर ऊँचाई से गिर कर मरने के ही फायदे-नुकसान लिखे हुए थे।

'हाई एल्टीट्यूड से गिरने पर हो सकता है कि जीवन भर व्हीलचेयर पर जिन्दा रहना पड़ जाए।' ऑ....थैंक गॉड!

अगला ब्लॉग खोला 'पेनलैस सुईसाईडल हैल्प'

ब्लॉग क्या था पूरा फोरम था। वहाँ लोगों ने अपने सुईसाईडल नोट्स लिख कर जमा करा रखे थे। कैसे-कैसे दर्द और कैसे-कैसे अकेलेपन। हरेक को उसके दर्द की पुड़िया बाँध कर दे रखी थी ब्लॉगवाले ने।

एक निराश 'एनोनिमस' ने लिखा था, "काश ब्लेड से अपना गला काट लेना इतना आसान होता! लेकिन जिन्दगी ही जब दर्द हो तो? लोग कहते हैं, हर व्यक्ति के लिए इस दुनिया में प्रेम होता है...बकवास, मैं

इसका जिन्दा उदाहरण हूँ। मैं 40 साल का अकेला कुँवारा हूँ। मुझे माईग्रेन के दौरों और टॉपर होते हुए बेरोजगारी ने बरबाद कर रखा है। क्रिसमस का मौसम मेरे लिए उदासी लेकर आया है।''

उत्तर और सहायता में लिखा था, ''प्रेम बस एक शब्द है जो किसी मूर्ख ने इस तेज नशे की किस्म के इस इमोशन को नाम के तौर पर दे दिया है। तुम शराब के साथ नींद की गोलियाँ गटक सकते हो, मगर दोस्त आत्महत्या से पहले इस क्रिसमस पर कुछ अमीरों और एलीटों का सर फोड़ते जाना। जिनकी वजह से यह दुनिया गटर बन गयी है।''

दूसरे निराश 'एनोनिमस' ने लिखा–''मैं मन्दिर के बाहर बैठ कर बस मरने की सोचे जा रहा हूँ। मैं इंजीनियर हूँ और मुझे फुल ब्लोन एड्स है! लेकिन मैं सोचता हूँ, मरने से पहले कुछ तो अच्छा कर जाऊँ। सर्दियों में ठिठुरते इन भिखारियों और अनाथ बच्चों के लिए! शायद भगवान की यही इच्छा हो।''

इसका उत्तर था–आई हेट गॉड! देयर इज़ नो सच थिंग लाइक 'गॉड!' क्लोरोफॉर्म विल बी द बेस्ट फॉर यू! यू मस्ट बी इन डीप पेन, यू नीड ए स्वीट स्लीप फॉरएवर (मुझे ईश्वर से घृणा है। ईश्वर जैसी कोई चीज ही नहीं होती। तुम बहुत गहरे दर्द में रहे होगे, क्लोरोफॉर्म तुम्हारे लिए बेहतरीन है, एक मीठी नींद, सदा के लिए।)

उसने स्क्रॉल किया और चक्कर आ गये...क्योंकि ब्लॉग का पेज अन्तहीन निराश पोस्टों और निराश अज्ञात लोगों के प्रलाप से भरा था। आठ साल से परिवार में बलत्कृत होती लड़की, पति की सौत झेलती एक महिला। एक अपाहिज युवक, जेल काटते अपराधी, ड्रग एडिक्ट्स, बिस्तरों पर पड़े बूढ़े! ब्लॉगर के पास हरेक के लिए जवाब थे, मरने के दर्द रहित तरीकों के साथ।

वह उठ कर पानी ले आयी। उसके पास कुछ नींद की गोलियाँ थीं। उसने अपने सुसाईडल नोट की भूमिका सोची। कुछ काव्यात्मक! दर्द और अकेलेपन को रेखांकित करता-सा, इस गर्भाशय विहीन देह की गैरजरूरी ठूँठ उपस्थिति पर। ''मुझे जीवन से प्रेम चाहिए था, रोमांस चाहिए था, कोई पुकार और कोई उसका उत्तर! इस सोते जा रहे शरीर को जगाते हुए स्पर्श...लेकिन मुझे अब इस जीवन से निजात चाहिए! क्योंकि पिछले कुछ समय से मेरे भीतर रहने वाली कोई औरत, कोई माँ मर गयी है। आय'म स्किजोफ्रेनिक!'' अपना सुसाईड नोट टाइप कर

उसने ब्लॉग पर डाल दिया। अपना परिचय अज्ञात रख कर। ब्लॉग पर ब्लॉगर का तुरन्त उत्तर मिला, "गो अहेड!"

काँच के पानी भरे गिलास में कुछ थरथराया! भूरी पारदर्शी काँच की बॉटल में रखी पीली गोलियाँ मुस्कुराईं और स्माइलीज बन गयीं। फेडेड गुलाबी पर्दों में हवा भर गयी। बरसात तेज हो गयी और जाली से भीतर कमरे के फर्श को भिगोने लगी। उसने उठ कर दरवाजा बन्द कर दिया। बॉटल का ढक्कन खोला। गोलियाँ निराश स्माइलीज में बदल गयीं।

ब्लॉग पर एक अगली पोस्ट उभरी।

"डियर एनोनिमस, कैन आई हैल्प यू? कैन आई कॉल? गिव मी योर ई-मेल। (प्रिय अज्ञात, क्या मैं तुम्हारी सहायता कर सकता हूँ? क्या ऑन लाइन बात कर सकता हूँ, मेरे इस आई डी पर अपना ई-मेल आई डी दे दो..) उसने एक पल सोचा और अपना ई-मेल पता भेज दिया। कम्प्यूटर पर ऑनलाइन कॉल की रिंग आयी... "हलो फरजाना!"

"हूँ।"

"फरजाना, आय'म श्रीनिवास। क्या तुम सच में आत्महत्या के मूड में हो? क्या पाँच मिनट बात कर सकती हो?"

"हाँ।"

"अपनी आत्महत्या की इच्छा को कितने नम्बर दोगी? दस में से?"

"सात!"

"फिर ठीक है।"

"क्या तुमने यह पूरा ब्लॉग देखा है?"

"हाँ कुछ-कुछ। क्या यह आपका ब्लॉग है?"

"नहीं! मैंने इसे पूरा देखा और पढ़ा है और इसका टैक्नीकल एनालिसिस भी किया है। यह एक विदेशी ब्लॉग है। हजारों बीमार, दर्दमंद, निराश लोगों का प्लेटफॉर्म! फोरम! निराशा और आत्महत्याओं को बढ़ावा देता हुआ। क्या तुमने नोटिस किया कि इस पर विज्ञापनों की भी खूब भरमार है।"

"हाँ, उससे क्या?"

"उससे यह....लॉजिक लगाओ जरा। उससे यह कि इसे बहुत संख्या में लोग देखते हैं और ब्लॉगर के पैसे बनते हैं। यानी निराश लोगों को आमंत्रित करो और विज्ञापनों के जरिए उनकी हताशा और दर्द भी भुना लो।"

"यह मैंने नहीं सोचा, और जो मरना चाहता हो, वह यह सब क्यों सोचेगा?"

"ओके! यह भी ठीक बात है। मैं खुद ऑटोईम्यून डिसऑर्डर का शिकार हूँ, मुझे तरह-तरह की स्किन की बीमारियाँ हैं, एक महीने पहले मैं भी तुम्हारी स्थिति में था, दर्द का तो हाल ही मत पूछो उस दिन इतना था कि दस में से उसे नौ नम्बर देता। मैंने भी मरने की ठान ली थी, क्योंकि मेरे शरीर से घृणा करने लगे थे मेरे अपने। मैं महीनों सेनेटोरियम में रहा हूँ। एक महीने पहले लौटा था। तब मैंने कम्प्यूटर पर यह ब्लॉग देखा, यही नहीं ऐसे कई-कई ब्लॉग। वेबसाइट्स। मुझे भी मृत्यु की तरफ धकेला गया, मुझे कहा गया कि कार्बन मोनो ऑक्साइड से भरा धुआँ....और बन्द कमरा! मुझे हैरानी हुई कि कोई और भी इस तरह की सलाह मान रहा है क्या? मगर मैंने देखा कि इसमें से आधी कहानियाँ झूठ हैं, खुद ब्लॉगर की बनाईं, ताकि लोग अतिरेक में आ जाएँ। बार-बार इस साइट पर जाएँ।"

"ओह!"

"फरजाना! मैं कतई नहीं कह सकता कि जिन्दगी खूबसूरत है, मेरे लिए यह एकदम बदसूरत है, दर्द और मवाद से लबालब। लेकिन मवाद साफ किया जा सकता है और दर्द से ध्यान बँटाया जा सकता है। दो दिन पहले मेरा दोस्त मुझे एक टाँग टूटा, घायल, अनाथ पिल्ला देकर गया, मैंने उसे प्लास्टर चढ़ा कर आँगन में छोड़ दिया, आज वह घिसट कर बॉल से खेल रहा है... खा रहा है। मैं सोचता रहा कि क्या उसके दिमाग में भी आत्महत्या का विकल्प आ सकता था? नहीं, किसी जानवर के मन में आत्महत्या का विकल्प होता नहीं। कितने ही घायल और बीमार क्यों न हों! या झुंड से निकाले जा चुके, अकेले अपने घाव चाटते हुए जानवर भी जीते रहते हैं। ये हम बस मनुष्य हैं जो जान गये हैं तरीके, पहले दूसरों को मारने के फिर खुद को..."

"......."

"मैं नहीं पूछूँगा, तुम क्यों मरना चाहती हो। न ये कि अब भी मरना चाहोगी या नहीं! बस मरने की इच्छा को कितने नम्बर दोगी? दस में से?"

"......."

"बाय!"

कनेक्शन कटने की एक लम्बी टूं... कमरे में गूँजती रही। वह फिर बॉलकनी में गयी, बरसात रुक गयी थी। जामुनों के मलीदे से परपल

सड़क अब धुल-पुँछ गयी थी। आकाश मानो बेतहाशा रोकर, चुप होकर मुँह धो आया था। तभी बगल की बॉलकनी से रीटा ने पुकारा—"फरज़ाना! आज खुशगवार लग रही हो इस गुलाबी कुर्ते में, कहीं जा रही थीं?"

"नहीं..!"

"तुम इतने अच्छे मौसम में घर में बन्द कैसे रह लेती हो? सुबह की वॉक भी बन्द..."

"... कहाँ जाऊँ?"

"सुनो मैंने तुम्हारी दी रेसिपी से 'कीश' बनाया है। आकर ट्राय तो करो टीचर जी। देखें कितने नम्बर दोगी।"

"आती हूँ।"

"दस में से पाँच!"

"बस!"

"अरे नहीं...मजाक था सौ में से सौ!"

फरजाना मुस्कुरा दी और रीटा कॉफी फेंटने लगी।

मधुमक्खियाँ

बहुत अलग थी वह शाम, अबाबीलें सर पर गोल चक्कर काट रही थीं। बावड़ी की मेहराबों के नीचे बने अपने गन्दे...कीचड़ कागज के बने बदबूदार घोंसलों में नहीं लौट रही थीं...सूरज ठण्डा पड़ गया था, मेरे गाल दहक रहे थे, आँखों में सहज ही उबल आने वाले आँसू, किसी सपने की मेंड़ की आड़ ले ठहर गये थे, बस एक खेत की सी सन्तुलित नमी आँखों में थी।

साथ के खिलन्दड़े झुण्ड के बच्चों का बेतहाशा शोर मधुमक्खी की गुनगुन बन गया, कान संवेदनशील हो गये थे। जीभ पर शहद मिले नौसादर का सा स्वाद...ततैये के से डंक की चुभन थी। दूर गुजरती ट्रेन की सीटी ने भागते मन को हाथ देकर डब्बे में चढ़ा लिया था....मैं सारे बच्चों से बहुत दूर थी... "आज इसे क्या हुआ..."

"एई मन....मानसिंह डाकू तुझे क्या हुआ...चल पेड़ पर चढ़ें..."

"सितौलिया खेलें?"

"किलकिल काँटे खेलें?"

"कुछ नहीं..."

मैंने झिड़क दिया था सबको... उस रोज आम के पेड़ पर उत्पात मचाते लंगूरों से डर नहीं लगा।

लड़ाई हुई क्या? कोई मेरे भाई से पूछ रहा था।

अरे नहीं कल मैंने इसके पेट में बॉल से गलती से मार दिया था...तबसे रूठी है, मम्मी ने मारा भी मुझे... अरे यार ये लड़कियाँ पेट में काँच के अंग लगवा कर आती हैं, मेरी मम्मी भी कहती हैं...मत मारो बहन को पेट में।

मैं गली में खुलते गोखड़े में खड़ी थी, गोधूली का समय था, पशु लौट रहे थे, झुण्ड के झुण्ड। घण्टी टनटनाते... झिंगुरों की मादाओं की आवाज तक मैं सुन पा रही थी... उस दिन शाम से एक शिकरा नीम की फुनगी पर बैठा, अपनी चोंच तीखी कर रहा था...फर्न की पत्तियाँ सूख रही थीं... गायों के लौटते झुण्ड में एक गाय पीछे छूटी मिली... पीछे खून की लम्बी लकीर खून-खान सी लौटी...मगर साथ एक छौना भी लौटा... मैं 13 की हो गयी हूँ...मैंने डूबते सूरज से कहा...और मुझे कोई खूनखराबा अपने जिस्म में नहीं चाहिए! समझे!

मुझे उस दिन पहला प्रेमपत्र मिला था...अनजाना...नकली नाम से...किन्हीं मनीष निष्काम ने...मुझे 'आय लव यू' के विस्फोट के साथ हैप्पी दिवाली का कार्ड भेजा था और मुझे रोना आ रहा था, पापा से डर लग रहा था...उबकाई आ रही थी। इससे पहले मेरे जन्मदिन पर स्कूल के साइकिल स्टैण्ड पर कोई हाथ की लिखी पर्ची में यही कुछ लिख गया था, और साथ में रखा था एक चमकीला गुलाबी बटन...बटन की वह गिफ्ट मैं कभी नहीं भूलूँगी मगर औचित्य? बटन का...सातवीं कक्षा के बच्चे और क्या देते उस कस्बे में?

इन खतों ने मुझे थका दिया था मन से, मगर यह थकान भय भी दे रही थी और मीठा सुख भी...चाँद औंधा लटका था फैल गये खीर के कटोरे सा,...तारे ऐसे ही फैल गये थे...झुण्ड में...

रात होते-होते मैंने उमस भरी रसोई में पाया खुद को...मेरे जिस्म में कोई कड़वी महक बस गयी थी...सबसे अलग...कॉफी? शराब? बीयर? सबसे अलग...ज्यादा पक गये सेब की सी। जबान पर कसैला स्वाद...गेहूँ के कनस्तर में पकाने को रखा 'सीताफल' निकाला... उसे लिये रसोई की देहरी पर बैठी रही...चुपचाप। उसकी आँखें निकल आयी थीं...पकने को

लगभग तैयार था... मेरी छाती पर उगी स्तन कलिकाओं सी गुलाबी आँखें, मैंने दबा कर उस सीताफल को फोड़ दिया,...एक-एक ...गूदेदार बीज खाने लगी... कच्ची-कच्ची सी मिठास मुँह में भर गयी... हवा एक खास दिशा में बह रही थी और दूर बनी बिसलरियों की तुर्श, नशीली महक ला रही थी...

नीम के दोनों बूढ़े पेड़ चुपचाप मेरी हरकत देख रहे थे...मुझे थकान हो रही थी मगर नींद नदारद। जहाँ हम रहते हैं, यह इस कस्बे का गर्ल्स स्कूल है, ऊपर हम रहते हैं नीचे स्कूल चलता है। यह बहुत-बहुत-बहुत पहले, आजादी के पहले किसी निजाम का महल था। कचहरी भी थी, ऊपर के हिस्से में यहाँ एक पीर भी रहा करता था। आजादी के बाद कचहरी सरकारी हो गयी, नया डिस्ट्रिक्ट कोर्ट बन जाने के बाद में इसे लड़कियों के स्कूल में तब्दील कर दिया गया। माँ कस्बे की पहली महिला पोस्ट ग्रेजुएट थीं, इस स्कूल की पहली प्रिसिंपल भी बनीं। हम यहाँ आ गये और ऊपर वाले हिस्से में रहने लगे। मुझे और भाई को मोहल्ले के बच्चे डराते थे, टिन के ऊपर जो कमरा है, वह पीर बाबा का कमरा है। मेरा पढ़ाई का कमरा ठीक उस बन्द खिड़की वाले कमरे के सामने पड़ता था, जो हवा से कभी-कभी खुल जाती थी। बच्चे डराते, हर शुक्रवार खुलती है। बड़े दयालु पीर थे कभी नुकसान नहीं करेंगे...पर गौर करना... वह खिड़की खुलती है। मेरे गौर करने से पहले ही कई बार शनिवार को वह खिड़की खुली दिखती... कभी महीनों बीत जाते वह खिड़की नहीं खुलती, उस छत की तरफ की सीढ़ियाँ टूटी थी, उसकी सफाई करने कभी-कभी स्कूल का मुसलमान चपरासी अजीज जाया करता था। मुहल्ले के शैतान बच्चों के साथ भाई कभी कभी टेबल कुर्सी लगाकर हमारे घर की तरफ वाली टिन पर चढ़ जाता था। फिर छज्जे से कूद कर उस कमरे में...एक बार शैतानी में शर्त लगा कर उसने वहाँ उस खाली, घास उगे कमरे में पेशाब कर दिया था...संयोग ही माना मेरी मम्मी ने तो उसे, मगर उतरते हुए सच्ची! उसके हाथ में फ्रेक्चर हो गया था। उसने डर कर पापा-मम्मी के बीच सोना शुरू कर दिया, मेरा और बड़ी बहन का कमरा अलग था, वो पास के शहर में मेडिकल कॉलेज की पढ़ाई करती थीं, हर इतवार जब आती लाइट जला कर रात भर पढ़ा करती थी, सो लाइट और गर्मी में कमरे में सोने का कोई मतलब नहीं था, मैं उस पीर बाबा वाले कमरे के सामने

वाले आँगन में सोती थी, छिड़काव कर, आया से शाम को ही फोल्डिंग पलँग और सफेद गद्दे और चादर बिछवा लिया करती थी, बूढ़े नीम हवा करते थे...

पीर बाबा की खिड़की से ज्यादा मुझे उस घर के गुस्लखाने से डर लगता था, न जाने क्यों पापा इस गुस्लखाने में केवल दस वाट का बल्ब लगवाते थे, वह काले, फिसलने पत्थरों और उखड़े सीमेंट वाली नालियों वाला बाथरूम दिन में भी अँधियारा रहता। जिसमें छज्जों पर उगे दो किशोर पीपलों की गुच्छा-गुच्छा जड़ें नाली के पास का फर्श फोड़ बाहर निकल आयी थीं, वो जड़ें असंख्य केंचुओं का बोध देतीं जब पानी बहने से वे हिलती और तैरतीं. जब मैं स्वयं को धोती तो साबुन और खारे पानी से बने अवक्षेप उस जड़ों के रेशे में फँस कर उसे घिनौना बना देता था। और मुझे उस बाथरूम में नहाना कभी पसन्द न आता। उस बाथरूम में एक बक्सा था, जिसमें हमारे तौलिये रखे रहते थे। जहाँ तक बस चलता था, मैं और भाई बाहर धूप में रखे टब और बाल्टियों के पानी से खूब उछल-कूद कर नहाते थे।

अह! कुछ दिन पहले...रात जब मेरे सीने में दायीं तरफ एक फोड़ा हुआ टीसता हुआ और उसके चार घंटे बाद बायां तरफ भी, उस दिन सुबह इतवार था, पापा घर पर थे। उन्होंने सबके सामने मम्मी को डाँटा और कहा इसे कहो अब अन्दर नहाया करे! उन्हें मुझे कुछ न कहना पड़ा, मैं अन्दर भाग गयी और न जाने कौन-कौन से अनजाने पापों का प्रायश्चित्त मेरे मन पर जम गया। मेरे पेट में विचित्र अनुभूति होती रही और टाँगें काँपती रहीं। माँ ने मुझे सफेद शमीज़ों में कस दिया।

मैंने कहा न, मैं उस खिड़की के हवा से खुल बन्द होने से डरती नहीं थी, बस कभी सिहर जाती थी। कभी प्रार्थना करती थी...कि हर जगह अमन हो। हमारी कुतिया शैबा को नन्हे बच्चे हों...मुझे प्रेम पत्र लिखने वालों की साइकिल पंक्चर हो, वो फेल हो जाएँ। मेरे सीने पर उगे या तो ये फोड़े खत्म हो जाएँ, या मैं अदृश्य हो जाऊँ, एक पक्षी बन जाऊँ या पेड़! तभी यह घटना घटी! मैं सफेद शमीज़ पहन कर सोयी थी, सफेद चादर....पर कि अचानक मैंने देखा आधे चाँद के किनारे भी लाल हो गये थे। फिर खुद को लाल पलाश के फूलों के पेड़ में बदलते देखा। मैंने अपने हाथ हिलाये...उन पर भूरी-भूरी मखमली कलियों का झुण्ड था और... नारंगी पँखुरियों की कमनीय झलक। मेरे नीचे एक पक्का पीले

पत्थरों का आँगन था। वहाँ एक पीतल की बालटी और लोटा रखा था। मेरे तन/तने पर भूरे लिसलिसे लार्वा चल रहे थे और एक लिजलिजी-लसलसी भूरी लकीर छोड़ रहे थे...मैं पत्तों रहित टहनियाँ हिला कर उन्हें गिरा देना चाहती थी। मैं रात भर जागी रही, पीर बाबा वाली खिड़की बन्द थी, मैंने उनसे सहायता माँगी...मगर खिड़की नहीं खुली। सूरज निकलने को हुआ...तो मैंने पाया मैं फिर पेड़ से मैं बन गयी थी।

सुबह माँ ने चेहरे पर हेडमास्टरनीपना ओढ़ कर जो-जो कहा, मेरे सुन्न पड़े मन ने आधा सुना... दिमाग ने मुझसे घृणा की, 'लड़कों से दूरी', उछल-कूद और आम के पेड़ पर और कुर्सी-मेज लगा कर टिन पर चढ़ना बन्द, जिन्दगी का अगला चैप्टर 'कठिन' वाला। ये कपड़ा पहन लो भीतर! अब यह घड़ी चालू हो गयी है भीतर...हर महीने कैलेण्डर बदलेगा...भीतर और देह के भीतर पेड़ बौराएगा...फूल उगेंगे...फल पकेंगे। भाई से उस दिन पहली बार बहुत जलन हुई। एक बड़े से हरे साफ, मगर मोटे सूती कपड़े को उलझन से देखती रही। भीतर कहाँ? कहाँ माँ? मगर पूछ न सकी। मैं गली में खुलते गोखड़े में जाने की हिम्मत न जुटा पाई...चौपाए घण्टियाँ टनटनाये बिना चरागाहों की तरफ चले गए, सुबह की हवा भी अचानक सुबकने लगी, मैं चुप थी, बूढ़े नीम आपसे में उलझते रहे

मैं दिन भर पापा की लाई गुड़ियों से अनमनेपन के साथ खेलती रही। दोपहर कमरा बन्द कर लेटी तो फिर मैंने खुद को मधुमक्खियों के झुण्ड से घिरे पाया। अब मेरा पेड़ उन फलों से भर गया था जो पक रहे थे और कुछ ज्यादा पकते और सड़ते जा रहे थे...वे मेरे पैरों में गाढ़ा-लाल रस बन कर इकट्ठे हो रहे थे। मैंने माँ का दिया हरा मोटा सूती कपड़ा लिया उस द्रव को पोंछते-पोंछते शाम कर ली। मेरे पेड़ पर मधुमक्खियों ने छत्ते बना लिए, मकड़ियों ने जाले लगा लिए, वह द्रव रिसता रहा, मैं पोंछती रही। मेरा मैं होना कितना दुष्कर हो गया था उस दिन। मुझे दुर्गा अम्माँ की सुनाई कहानी याद आ गयी—मेवाड़ के एक गरीब माली की कन्या...जो चले तो कुंकुम के पैर मंडते जाएँ, बिन माँ वाली इस लड़की को माली पिता दिन में गुलाबों के बाग में बन्द रखता। शाम को किसी तरह घर ले जाता, एक दिन उसे राजकुँवर ने देख लिया और जिद ठान ली... हट!

नीचे स्कूल के मैदान में खेलते बच्चों का झुण्ड बुलाता रहा...झूले...हिलते रहे। अब लड़कों के साथ मत खेलना... अब हर महीने भीतर कैलेण्डर

का पन्ना बदलना होगा। अगर कैलेण्डर का पन्ना न बदला तो! तो! कयामत! बड़ी बहन कॉलेज ट्रिप पर बाहर थी...मैं चार दिन तक पेड़ में बदलती रही हर रात...पहले दिन कलियाँ, फिर फूल और कीड़े, फिर फल. ..फिर सड़े हुए फल और फिर...ठूँठ...अब मैं सम्पूर्ण सृष्टि के प्रति गहरी उदासीनता अनुभव कर रही थी, मुझे लग रहा था कि मैं मर रही हूँ। मैंने मम्मी से कहा भी, उन्होंने दुर्गा अम्माँ को आटे और गुड़ का शीरा बना कर खूब सारा घी डाल कर खिलाने को कहा। मुझे बेहतर लगा।

इस बीच मेरे पैरों में खपच्चियाँ लग गयीं, 'मुंडो टाबर ज्यूँ और काठी काकड़ी!' दुर्गा अम्माँ कहती। मैं सबसे ऊँची ताख से अचार, बिस्किट और मिठाई चुरा लेती। सारे कपड़े छोटे होने की धौल अकसर पीठ पर पड़ती।

मेरा खेलना फिर शुरु हो गया, मैं पेड़ को भूल गयी...कैलेण्डर भी नहीं बदला...माँ व्यस्त हो गयी। अट्ठाईस दिन हो चुके थे। मैं फिर बाहर सोयी थी...सफेद चादर पर कि अचानक हवा से खिड़की खुली, मुझे एक सफेद चोगा दिखा, सुनो कैलेण्डर कौन बदलेगा? ऊपर बूढ़े नीम पीली निबौलियों की गिन्नियाँ गिन रहे थे, दयालु सेठों की तरह आँगन, गली और छतों पर बिखेर रहे थे... मैं काँपती हुई उठी कि इससे पहले मैं पलाश के पेड़ और सड़े सेबों से लदे पेड़ में बदलूँ.... दीदी के पास चली जाऊँ।

"दीदी, मुझे हरा ...कपड़ा दे दो...मेरा कैलेण्डर बदल रहा है...मैं पेड़ बनने वाली हूँ।"

"ये माँ भी ना! तुमको भी डराया होगा। हरा कपड़ा! छिः! इसे फेंको, ये लो पंख..." मैं उन कोमल, साफ पंखों को देखने लगी...उन्हें खोलकर मैंने अपने भीतर सरका लिया और सफेद चादर ओढ़ लेट गयी। मैं डर रही थी पेड़ बनने से। उस रात पापा जरा देर से घर आये थे। उनकी आहट और आवाज से चौंक मैंने अपने हाथ-पैर देखे...वे बदले नहीं थे, पापा नया स्कूटर लेकर लौटे थे पास के शहर से। मैंने चादर में से झाँक कर देखा वे रसोई के सामने वाली मेज पर बैठ खाना खा रहे थे, माँ, रोटियाँ सेंक रही थीं। वो दोनों खुश थे।

कौन-सा रंग?

"नीला।"

"चला कर लाये?"

“हाँ!”

मैं उठकर उनके पास आ गयी। मैंने उनसे पूछा, क्या वे मुझे स्कूटर सिखाएँगे? उनका उत्तर था, “हाँ, तुम ही तो हो जिसके पैर ब्रेक और सड़क तक पहुँच सकेंगे, तुमने साइकिल भी जल्दी सीखी थी...”

मुझे पहली बार बड़े होने का सुख मिला। मैं दौड़ कर भीतर गयी, भाई गुड़ी-मुड़ी नेकर पहने माँ के बिस्तर में सोया था, दीदी पढ़ाई में नाक तक डूबी थी। मैंने अकेले ने आँगन की सीढ़ियों से झाँक कर नीचे देखा, चाँदनी में नीला वेस्पा खड़ा था। एकदम नया।

मैं उस रात न पेड़ बनी, न पंछी! मैं बन गयी थी, स्कूटर चलाने वाली कस्बे की पहली लड़की!

❑